채도운 지음

삶의 직조

추천의 글 1

박주영
판사, 『어떤 양형 이유』 저자

 이 책은 강낭콩의 형상으로 왔다가 몬스테라의 뿌리처럼 사라지고 마는 인간의 보잘것없는 시작과 끝, 그 궤적을 그린 소설이다. 작가는 식물인간을 돌보는 가족과 혼전 임신한 젊은 여성의 삶을 통해 삶과 죽음의 정의, 인간의 조건, 돌봄과 가족의 의미를 탐구한다.

 나는 문학에 무지한 판사지만 인간의 간난에는 과문하지 않다. 아니 사실 그 누구보다 익숙한 편이다. 그럼에도 소설 속 고통받는 인간의 모습이 어딘지 모르게 낯설다. 일체의 운동성을 상실한 식물인간이나 인간의 경로에서 중절되어 의료 폐기물이 되어 버린 태아의 불완전성은 인간에 대한 근원적 질문을 낳는다.

 일정한 조건에 미달하는 존재도 인간인가. 인간의 조건이란 생물학적인 것인가 법적인 것인가, 아니면 사회적인 것인가. 누가 인간을 정의하고 이들의 생사 여부를 결정하는가. 법인가 가족인가, 돈인가 죄책감인가. 식물인간과 태아가 온전한 인간이 아니라면 이들은 어떤 존재인가. 돌봄과 출산의 대가로 소환해 낼 기억이 고갈되거나 아예 추억이란 것이 존재하지 않음에도 이들을 보호해야 하는 이유는 무엇인가. 누군가의 추억이나 개인의 생물학적 선택을 지키기 위해 왜 사회적 비용을 지불해야 하는가.

작가는 절대적 돌봄의 의무를 비정규직 청년과 무력한 어머니에게 부여한다. 가족이라는 이름으로 이들은 절망하지 않을 의무를 부담한다. 작가는 이들의 손에 희망할 권리조차 쥐여 주지 않는다. 가혹해서 더 현실감과 기시감이 있다.

어둡고 무거운 주제임에도 이를 다루는 작가의 솜씨가 예사롭지 않다. 식물의 특징을 통해 우회적으로 인간의 불완전한 삶의 의미를 조망하는 점이 신선하다. 산 사람은 살아야 한다거나, 생명은 이유를 불문하고 소중하다는 식의 손쉬운 해결책을 제시하지도 않는다. 그래서 더 신뢰가 간다.

온전한 생명이든 과거 왕성했거나 장래 생동할 생명이든, 혹은 그 주변의 힘겨운 삶이든, 이 모두가 보호되어야 할 이유는 대체 무엇일까. 소설을 읽고 어렴풋이 떠올린 결론은 뿌리내림과 얽힘이다. 인간도 식물처럼 사람이라는 토양 속에 발아하여 뿌리내리고 살 수밖에 없으니. 결국 인간은 얽히고설켜 서로가 서로에게 수분과 자양분이 되어야 살 수 있는 존재이므로. 절망하지 않을 의무밖에 없는 어떤 뿌리가 살아갈 수 있는 최소한의 조건은, 희망을 줄 의무를 부담하는 또 다른 뿌리의 존재일 테니.

작가가 묘사하듯 생은 보잘것없는 모습으로 시작해서 어이없는 형태로 저물지만, 그럼에도 처음과 끝을 지나는 그 선은 찬란하다. 불완전한 단독의 선들이 이리저리 얽혀 만들어 내는 그 연대의 면과 체적은 아찔할 정도로 아름답고 창대하다.

빛과 어둠, 자아와 타자, 삶과 죽음, 사실 이 모든 것은 분리할 수 없는 일체의 것이다. 삶이 존엄하다면 죽음도 마땅히 그래야 한다. 존엄사가 중요하듯 존엄생 또한 중요하다. 작가가 하려던 말이 이 말은 또 아니었을까. 이 책의 미덕은 이처럼 끊임없이 질문을 불러일으키는 데 있다. 이는 사실 좋은 책의 특징이기도 하다. 작가의 문제의식과 문장이 새로우면서 믿음직하다. 그의 시선이 머무는 곳이 또 어디일지 몹시 궁금해진다.

추천의 글 2

고명재
시인, 『너무 보고플 땐 눈이 온다』 저자

 어렸을 땐 동생의 손을 잡은 채 동네를 쏘다니곤 했다. 그러다 조그마한 화단이라도 발견하는 날에는 식물들을 돌보느라 골몰했었다. 그때 우리가 본 것은 무엇이었을까. 누군가의 "필압"이 "종이" 위에 "오목과 볼록을 남"기는 것처럼, 식물들은 온 힘을 다해 자라고 있었다. 그 안간힘을 조용히 보고 있으면 화단에서 숨소리가 들리는 듯했다.
 이 소설은 그런 '조용한 허파'를 보여 주는 듯하다. 살아있는 것. 숨을 쉬는 것. 상처 입은 것. 식물들은 정숙하게 그렇게 자란다. 팬지, 해쑥, 진달래, 봉숭아, 스투키, 강낭콩. 채도운의 소설을 읽는 동안에 나는 작고 섬세한 식물들의 이름을 떠올리고는 했다. 그리고 이 생생한 이름 곁에 미선과 지영이란 이름을 나란히 놓아 보았다. 그러자 순식간에 어떤 삶이 보이기 시작했다. 정해진 자리를 벗어나지 못한 채 "자가호흡"을 해야 하는 얼굴들.
 식물과 동물의 경계를 가르는 결정적인 차이는 무엇일까. 가장 손쉬운 대답은 과학적 정의를 따르는 것일 테다.

이를테면 엽록체의 유무라든지 세포벽의 유무, 감각기관의 상이한 작동 방식 등. 그러나 채도운의 소설은 이런 식으로 손쉬운 답안을 제시하지 않는다. 오히려 그의 소설은 거듭되는 질문을 낳는다. 그러니까 어떤 것이 '식물'이고, 어떤 것이 '사람(동물)'으로 살아가는가. 어떤 것이 소리 없이 죽어 가고, 어떤 것이 소리를 죽인 채 살아가는가. 이 '기준'을 향한 날 선 질문들. '강낭콩'과 '살아야 하는 인간'의 동행.

두 편의 소설에는 식물처럼 '희박한 인간'이 등장한다. 그리고 이 희박한 인간으로 인해 역설적으로 살아서 숨 쉬는 '자명한 인간'이 고통받는다. 그럼에도 그들은 무너지지 않는다. "과거" 속에 "모두 휘발돼 버린 줄 알았"던 사람에게서 무언가가 "잔존해 있다는 사실"을 발견하는 것. 그 모든 고통의 터널을 지나 "냉이를 씹으면서 웃"게 되는 순간이 온다(「식물뿌리」). 편향되어 있고 어딘가 이상한 사회 속에서 "솔아"는 자신의 그 흔한 이름이 '아름다운 명령(?)'으로 거듭나는 걸 보기도 한다(「강낭콩」). 그렇게 사람들은 살아 낸다. "내가 낳은 강낭콩을 조심스럽게 담"으려 하며 어떻게든 삶을 지속해 낸다.

그러니 이렇게 이야기해 보자. 여기 '살아 있는 사람'이 있다. 그들은 '식물적인 인간'(진석과 강낭콩)을 마주하여 각자 다른 방식으로 파도를 넘는다. 이 이야기들은 '사람'과 '식물'이라는 경계 사이에서, 어떤 이들(만)이 감당해야 했던 삶의 무게를 보여 준다. 들끓는 폭염 속에서 식물이 자라듯. 지독한 땡볕 밑에서 숲이 부풀 듯. 찬란한 화단의 이면엔 고통이 있다. "엄마는 왜 그렇게 잘 알아?" 이 유구하고도 반복되는 질문을 앞에 둔 채로, 이제 이 소설들은 다시 질문을 던진다. 우리가 이렇게 숨죽인 채로 사는 게 당연한가요. 다음으로 어떻게 넘어갈까요.

차례

추천의 글 1 _ 박주영 •04

추천의 글 2 _ 고명재 •07

🫘 강낭콩 •13

🫘 식물뿌리 •59

추천의 글 3 _ 조해진 •98

추천의 글 4 _ 김혼비 •99

작가의 말 •102

강낭콩

1

 나는 강낭콩을 낳은 적이 있다. 세상에 무슨 인간이 강낭콩을 낳는단 말인가. 하지만 정말이다. 자다 말고 갑작스럽게 아랫배가 차오르는 느낌이 들어 새벽녘에 화장실로 갔다. 아랫배가 생각보다 묵직한 것이 큰 건가 보다 했지만, 큰 것은 나올 생각을 안 한다. 뱃살을 주물럭거리기도 해 보고, 손톱이 살을 파고들 때까지 힘을 주어 봤지만 영 나오지 않는다. 신호가 잘못 왔나. 두툼한 허벅지 사이에 걸려 있는 팬티를 다시 올리려고 했다. 그때 나는 팬티 위에 고스란히 누워 있는 강낭콩 하나를 보았다. 허벅지를 지지대 삼아서 해먹처럼 늘어져 있는 팬티 위로 툭 존재감을 드러내는 강낭콩 하나를. 강낭콩, 그건 분명 강낭콩이었다.

2

 김솔아의 목에 걸려 있는 사원증이 그녀의 걸음걸이에 맞춰 좌우로 포물선 운동을 했다. 5.8그램짜리 사원증은 기분 좋은 무게감으로 목덜미를 누르고 있었다. 단화의 굽이 대리석 타일을 두들기는 소리는 출근길을 더 경쾌하게 만들었다. 솔아가 가장 좋아하는 순간은 바로 이때다. 출퇴근 기록기에 사원증을 대면 게이트가 열리고, 그때 트렌치코트를 살짝 휘날리며 얼른 그 선 안으로 넘어서는 순간 말이다. 물론 곧 들뜬 기분이 폭삭 가라앉지만 말이다. 게이트를 넘어서면 있는 엘리베이터가 문제였다. 네 개의 회사가 입주해 있는 건물의 엘리베이터는 출퇴근 시간에 늘 붐볐다. 오늘도 엘리베이터는 계속 만원이었다.

 '벌써 두 대를 보냈는데! 다음번에는 탈 수 있으려나?'

 솔아는 손목시계와 엘리베이터 버튼을 번갈아 바라보았다. 띵! 소리와 함께 다시금 엘리베이터의 문이 열렸지만, 이번에도 역시 만원이었다. 비집고 들어갈 틈이 도무지 보이지 않았다. 포기하고 한 발짝 뒤로 걸음을 물리려는데, "솔아 씨!"라고 엘리베이터 안에서 부르는 목소리가 들렸다. 이어 "잠시만요", "조금만", "죄송합니다"라는 소리와 함께 불쑥 엘리베이터 안에서 손이 튀어나왔다.

"박 대리님!"

손의 주인은 같은 팀에서 근무하는 박지연 대리였다. 지연은 힘껏 숨을 들이켜고 배에 바짝 힘을 주었다. 그리고 등을 최대한 뒷사람에게 붙여서 자신 앞에 공간을 만들어 주었다. 그 속으로 솔아는 냉큼 걸음을 옮겼다. 층마다 멈춰 선 엘리베이터의 문이 열리고 닫히길 반복하는 동안 내부는 점차 한적해졌다. 그제야 솔아는 지연과 인사를 나눴다.

"대리님 덕분에 지각은 면했네요."

"별말씀을. 이제 슬슬 패딩을 꺼낼 때가 됐나 봐요. 추우니까 이불 밖으로 발가락 하나 빼기도 어렵더라고요. 안 그래요, 솔아 씨?"

"맞아요! 겨울에 머리 감기 더 싫은 거 아시죠? 오늘 아침에도 머리카락에서 떨어지는 물이 셔츠에 막 스며드는데 차가워서 혼났네요."

지연은 맞장구를 쳐 주며 옷을 따뜻하게 입으라고, 그러다가 갑자기 감기 걸린다고, 요즘 감기는 독하다고 말해 주었다. 솔아는 한겨울에도 두툼한 패딩보다는 얇은 모직 코트를 선호하지만, 지연의 염려는 늘 애정이 묻어 있어 좋았다.

자리에 도착한 솔아는 컴퓨터 전원을 켜며 생각했다.

'커피, 커피가 마시고 싶다.'

솔아는 아침에 카페인이 당긴다는 게 무척이나 어른스럽게 느껴졌다. 탕비실에서 드립커피를 한 잔 따라서 자리로 돌아온 솔아는 다이어리를 펼쳐보았다.

--- 오 늘 할 일 ---

[첫 출장 신청]
- ✅ 교통편 예약하기
- ✅ 출장계획서 작성하기
- ✅ 회의 준비(명패 등)

[정규직 전환 시험 준비]
- ✅ PPT 자료 만들기
- ✅ 면접 준비

아직 인턴 신분인 솔아는 늘 단순 업무만 맡았었다. 프린트하거나, 팩스를 보내거나, 이면지를 파쇄하거나 하는 일 말이다. 그런데 오늘만큼은 다르다. 내일은 첫 출장을

가는 날이었다. 회의 내용을 녹음하고 기록하는 단순 보조 업무이지만, 지연이 '보는 것만으로도 배움이 된다'며 기회를 주었다. '첫 출장이라니!' 자신에 대한 자부심과 자신감이 있던 솔아였지만 출장을 떠올리는 것만으로도 긴장되어 온몸이 뻣뻣해졌다. 처음은 쉽지 않은 법이다. 당장 출장 준비를 하는 것만으로도 버벅거릴 게 분명했다. 그래도 솔아는 자신을 믿었다. 처음이 두 번이 되고, 세 번이 되면 능숙하게 잘 해낼 수 있다고 말이다. 솔아는 옆자리를 힐끗 쳐다보았다. 지연이 서류를 들추며 인상을 찡그리고 있었다. 찌푸린 미간 사이에 걸쳐 있는 은색 안경을 보며 솔아는 생각했다. '나도 안경을 써 볼까?' 전화를 능숙하게 받는 지연, 거리낌 없이 팀장에게 보고하거나 제안하는 지연, 도움을 요청하는 팀원에게 망설임 없이 조언하는 지연을 바라보며 솔아는 더 나은 자신을 마음껏 상상했다.

3

지연은 압정으로 영수증 뭉치를 파티션에 꽂으며 한숨을 쉬었다. 지난주에 다녀온 출장 경비 처리를 아직도 못

했는데 일은 자꾸만 쌓이고 있었다. 목을 짓누르는 사원증을 책상으로 던지듯 내려놓으며 목을 풀고 있는데, 파티션 너머로 팀장이 목을 가다듬는 소리가 들렸다.

"흠흠, 잠시만 주목해 주세요."

팀장이 자리에서 일어나 말했다. 지연은 의자를 돌려 팀장을 쳐다보았다. 다른 팀원들도 파티션 너머로 시선을 던지자, 팀장이 말했다.

"김솔아 인턴이 퇴사하게 되었습니다."

이어 팀장은 정규직 채용형 인턴으로 고용되었던 김솔아 씨가 개인 사정으로 퇴사를 결정함으로써 면접 후순위자가 입사하게 되었으며, 새로운 인턴이 오기까지 약 2주간의 시간이 소요될 것으로 보인다며, 새로운 인턴은 별 탈이 없으면 정규직으로 전환되어 당장 업무에 투입될 테니 오면 적극적으로 교육해야 한다고, 박지연 대리가 담당 사수가 되어 달라고, 아 마지막으로, 김솔아 씨는 다음 주까지만 근무하고 퇴사할 것이니 막내는 간단한 다과회 겸 송별회를 준비해 달라며 말을 마무리하고 의자에 도로 앉았다. 지연은 팀장의 말이 끝나자마자 솔아 쪽을 쳐다보았다. 솔아는 자리에 없었다. 빈 의자에는 검은색 패딩이 걸려 있었다. 지연은 패딩에서 시선을 거두고 왼쪽에 앉은 김 과장을 쳐다보았다. 눈짓을 알아들은 김 과장은 자신 또한 들은 바 없다는 듯 어깨를 으쓱할 뿐이었다. 상황을 설명해 줄 당사자가 없으니 팀원들은 잠깐의 웅성거림을 끝으로 다시 일에 몰두하기 시작했다. 그로부터 두 시간 후 솔아는 자리로 돌아왔다. 솔아는 매끈하게 머리를 올려 묶고 검은색 정장 재킷과 미디스커트를 입고 있었다. 입사 당시 입었던 그 정장인 것 같았다. 갖춰 입은 솔아의 옷차림을 보고서야 지연은 오늘이 무슨 날인지 깨달았다. '오늘이 정규직 전환 시험 날이었구나.' 솔아가 자리에 앉는 것을 바라보고 있는데 똑똑 파티션을 두들기는 소리가 들렸다.

"사직서 낸 마당에 시험을 왜 치렀을까?" 김 과장이 물었다.

"…글쎄요."

지연이 진정 모르겠는 건 솔아가 시험을 친 이유가 아니라 사직서를 낸 이유다. 지연이 알고 있는 솔아라면 절대로 사직서를 낼 리가 없었다. 이 회사에 입사하기 위해서 얼마나 스펙을 갈고닦았는지 이야기하지 않았던가. 퇴근 후에도 사원증을 자랑스럽게 목에 걸고선 버스를 타지 않았던가. 그 정도면 충분할 것 같은 PPT를 몇 번이고 갈아엎지 않았던가. 출장지에서는 어땠던가? 내밀 명함이 없어서

쭈뼛거리다가도 "다음 주면 명함이 생길 거예요"라고 말하지 않았던가. 오늘만을 손꼽아 기다리던 이가 왜 사직서를 냈단 말인가? 지연의 미적지근한 반응에 김 과장은 "에이, 안 되겠다!"라고 말하며 자리에서 벌떡 일어났다. 그러고는 솔아에게 다가가 "점심 먹고 커피 한잔 어때요?"라고 물었고, 솔아는 고개를 끄덕였다.

열두시가 되자 지연은 팀원들과 함께 구내식당에서 돈가스를 먹었고, 니글거리는 속을 달래려 다 같이 카페로 발걸음을 옮겼다. 김 과장은 오늘 자신이 커피를 사겠다며, 솔아에게 무엇을 마실 건지 물었다. 늘 바닐라라테만 먹던 솔아는 웬일로 한참을 고민하다 루이보스차를 골랐다. 지연이 자기 아메리카노를 받아 테이블로 갔을 때, 이미 테이블에서는 이야기가 한창이었다. 김 과장은 갑자기 생각났다는 듯, 사실은 전혀 그렇지 않겠지만, 말을 꺼냈다.

"아 맞다! 솔아 씨, 퇴사한다며…. 그런데 왜 그만두는 거야? 혹시 무슨 일 있는 거 아니지?"

솔아는 찻잔만 매만지며 혀뿌리 안에 말을 머금고 있었다. 그런 태도가 얼마나 더 호기심을 불러일으키는지 알까. 그냥 '말하지 못할 개인적인 사정이 있어요'라든가 '직무가 잘 안 맞았어요'라는 뻔한 말을 하면 되는데, 솔아는 말을 할 듯 말 듯 주저하고 있었다. 그런 솔아 옆에서 김 과장은 "괜찮아", "말해 봐", "우리가 들어줄게"라고 말하며 그녀를 부추기고 있었다. 지연 또한 내심 궁금하면서도 솔아가 대답하지 않기를 바랐다. 그러나 테이블에 있던 팀원 중 한 명이 "힘든 일 있으면 말해요. 도와줄 수 있으면 도와줄게요"라고 말하자, 솔아의 입은 열려 버리고 말았다.

사무실로 복귀한 지연은 정신없이 일에 매달렸다. 한참을 일하는데 팔꿈치에 무언가 걸려 툭 떨어진 소리가 들렸다. 다 마시지 못하고 포장해 온 커피였다. 오른편 소매와 바지가 젖어 드는 걸 보고 지연은 한숨을 내쉬며 두루마리 휴지로 대충 닦고 자리에서 일어났다. 점심으로 먹은 돈가스는 소화되지 않고 속에서 들끓고 있었다. 시계를 보니 아직 세시도 되지 않았다. 소화제를 먹고 계속 근무해야 할지, 반차를 쓰고 퇴근해 버릴지 고민하던 지연은 서랍을 열었다. 서랍 한쪽에는 소화제가 박스째로 있었다. 소화제를 꺼내 든 지연은 고민 끝에 도로 서랍에 넣어 두었다. 그때 사무실에서 솔아를 부르는 소리가 들렸다. 마케팅팀 이 팀장이었다. 솔아는 엉거주춤 일어나 이 팀장을 맞았다. 이 팀장은 늘 인력이 부족하다며, 솔아가 정규직이 되면 반드시 본인의 팀으로 와야 한다고 말하고 다녔던 이다. 솔아의 퇴사 소식을 듣고 인사차 찾아왔나 보구나 싶었건만, 이 팀장의 입에서는 그보다 훨씬 많은 이야기가 나왔다.

"솔아 씨! 아이 성별은 나왔어?"

주변의 이목이 쏠린 것을 눈치도 못 챘는지 이 팀장은 이야기를 이어 나갔다.

"우리 집에 애도 네 살이잖아, 안 쓰는 육아 용품이 있으면 좀 나눠 줄까? 애 키우는 데 돈이 얼마나 많이 드는데. 처음에는 좀 받아 쓰고 그래도 괜찮아."

이어 이 팀장은 쉴 새 없이 말했다. "이번 기수 중에서 가장 기대주였는데 너무 아쉽다. 그나저나 솔아 씨 나이가 몇이더라? 아, 스물다섯이구나. 젊다, 젊어! 그래 역시 체력이 조금이라도 있을 때 빨리 출산해야지. 그런데 솔아 씨 남편은 뭐 하는 사람이래? 그렇구나. 그런데 왜 육아휴직 쓸 생각은 안 했어? 이런 건 선배한테 물어보면 잘 조언해 줬을 텐데. 우리 회사는 그런 데 눈치 안 주는 거 알잖아. 아 맞아, 아직 인턴이었지. 아휴 그래도 아깝다. 정규직 전환된 다음에 밝히지. 그렇네, 그것도 쉽지 않았겠다. 정규직 전환되자마자 출산휴가 쓰고 육아휴직하는 게 좀… 그렇긴 하지. 그나저나 언제까지 출근하더라, 다음 주까지? 그 전에 밥 한번 먹자. 그래, 그럼 남은 오후 시간도 힘내고."

그 말을 끝으로 이 팀장은 자기 팀으로 돌아갔다. 돌아가는 이 팀장의 발걸음은 경쾌하기까지 했는데, 지연은 그를 보고 배설 뒤 후련함을 느끼는 동물 같다고 생각했다. 이 팀장이 돌아간 뒤 솔아가 의자에 털썩 주저앉는 게 보였다. 파티션에 가려 솔아의 표정은 보이지 않았다. 지연은 주변을 돌아보았다. 파티션 너머로 무수히 많은 눈이 보였다. 하얀 흰자 안에 또르륵 굴러가는 검은 눈동자들이 서로 간 은밀한 신호를 주고받고 있었다. 눈빛 속 대화들이 귀로 들리는 듯했다.

'솔아 씨는 미혼이잖아? 사고 쳤네.'

'스물다섯이라며. 세상에 애가 애를 낳네.'

'순해 보이는 인상인데, 쟤도 육체적인 욕망은 있었나 봐.'

아니, 어쩌면 지연이 솔아에게 품은 생각일지도 모른다. 생각을 읽을 수 있다는 것은 본인도 그 생각을 하고 있다는 의미가 아니던가. 스물다섯의 미혼 여자가 아이를 낳으면 다들 한 번쯤 이런 생각을 하지 않던가. 지연은 되레 솔아에게 따져 묻고 싶었다. 누군가 퇴사 이유를 묻거든 손쉽게 거짓말을 했으면 편할 것을 누가 그렇게 솔직하게 말하냐고 말이다.

4

 사직서에는 광활한 자유가 있다. 정형화된 틀이 있는 다른 서류들과 달리 종이 한 면을 통째로 차지하는 사유란이 있다. 솔아가 써야 할 이유는 하나였다. 임신, 오직 그뿐이었다. 그런데 키보드 위 솔아의 손은 망설이고 있었다. 그 두 글자가 뭐라고 주저하는가. 그래, 생각해 보면 그랬다. 임신, 그것도 혼전임신은 이 세상에서 '사고'로 받아들이니까. 결혼 전의 임신은 사고를 친 것이지 태아를 품고 있는 숭고한 행위가 아니었다. 혼전임신이라는 단어 자체에 이미 부정한 것이 묻어 있다고, 자신이 생각하기에도 결혼 전에 임신한 사실이 어딘가 모욕스럽고 치욕스럽고 부끄럽기까지 하다는 것을 분명 알고 있었다. 솔아는 결국 사직서에 '개인적인 사정'이라고 쓸 수밖에 없었다. 다음 날 출근하자마자 솔아는 팀장에게 사직서를 제출했다.
 "여기 적혀 있는 개인적인 사정이 무엇인지 말해 줄 수는 없는 거고?"
 팀장의 물음에 입을 떼려던 솔아는 팀장의 눈을 보고 말았다. 그 눈에 묻어 있는 건 순전한 호기심이었다. 솔아는 집안일이라 말할 수 없다고 말했고, 팀장은 사직서를 수

리했다. 그런데 막상 팀원들이 퇴사의 이유를 물을 때는 어쩐지 거짓말을 할 수 없었다. 어쩌면 일말의 기대가 있었을지도 모른다. 업무를 같이하며 정든 이들에게, 도움의 손길을 내밀었던 이들에게 '진실'을 말하면 자신을 축하해 주지 않을까 하는 알량한 기대 말이다. 임신 그 자체가 축복받아야 마땅한 일이라고 교육받아 온 자로서, 엄마가 되는 것은 위대한 일이라고 들어 왔던 이로서 '축하'를 받아야만 본인이 쳤던 사고가 수습될 것만 같았다. 타인의 축복을 받음으로써 자신이 사고를 친 것이 아니라는 사실을 확인받고 싶었다. 나는 잘못하지 않았다고 인정받고 싶었다.

나는 못된 짓을 저지르지 않았다고, 나쁜 짓을 한 게 아니라고 말하고 싶었다. 나는 그저 한 인간으로서 한 인간을 사랑했고 그 결과로 임신한 것일 뿐이었다. 혼전임신을 한 상황이 내게 그 어떠한 모욕감과 죄책감을 주어서는 안 된다고 생각했다. 물론 진실을 말할 때 세상이 어떻게 받아들일지 또한 솔아는 분명, 알고 있었다.

5

　지연은 솔아를 지켜보았다. 솔아는 늘 그렇듯 화장실에 가서 텀블러를 씻었고, 여덟시 삼십분에 본인의 자리에 앉아 업무를 시작했다. 점심시간에는 몰려오는 졸음을 도무지 참지 못해 탕비실 구석에 있는 소파에 몸을 숨겼다. 한참이나 자리에 돌아오지 않는 그녀를 부르는 이는 없었다. 한시 삼십분쯤 되자 그녀는 사무실로 쭈뼛쭈뼛 돌아왔고, 곧이어 키보드를 두드리는 소리가 들렸다. 곧 그녀는 화장실로 뛰쳐나갔다가 돌아오기를 수차례 반복했다. 다음 날도 솔아는 늘 그렇듯 화장실에 가서 텀블러를 씻었고, 여덟시 삼십분에 자신의 자리에 앉았다. 탕비실에서 나올 때는 부스스한 머리를 매만졌고, 화장실에서 나올 때는 립스틱이 번진 입가를 손등으로 쓱 쓸어 냈다. 다음 날도 그랬고, 그다음 날도, 마지막 날도 그러했다. 마지막 무렵에 그녀의 모습은 참으로 보잘것없었다. 싹싹하고 일 잘하는 솔아는 없었다. 임신으로 인한 호르몬 변화에 휘둘리고 있었고, 수면에서 떠오르지 못했다. 입덧으로 인해 토하고 난 뒤에는 입 주위에 토사물이 묻어 있었고, 그 누런 걸 손등으로 쓱 닦는 그녀에게서 그 어떠한 단정함도 찾아볼 수 없었다. 그러길 여러 날 반복하다 마침내 솔아의 퇴사 날이 다가왔다. 떠날 시간이 되자 솔아는 짐을 한가득 들고 엘리베이터로 향했다. 예의상 가는 길을 배웅하기 위해 지연이 엘리베이터를 잡아 주고 있는데, 솔아가 갑자기 풋 웃었다.

"왜 웃어요?"

지연의 물음에 솔아는 고개를 절레절레 저을 뿐이었다. 얼마 지나지 않아 엘리베이터 문이 열렸고, 솔아는 이곳에서의 마지막 발걸음을 뗐다. 솔아가 짐을 엘리베이터 바닥으로 내려놓는 동안, 지연은 닫힘 버튼 쪽에 손가락을 두었다. 엘리베이터가 닫히기까지의 그 잠시간의 침묵이, 왠지 버거울 것만 같았다. 닫힘 버튼을 누름으로써 그 순간을 피하고 싶었던 걸지도 모른다. 솔아는 짐 때문에 숙였던 허리를 세우고 지연을 똑바로 바라보았다.

"…그동안 감사했어요, 대리님"

인사를 건네는 솔아를 쳐다보던 지연은 "나도"라고 대답하며 닫힘 버튼을 눌렀다. 그때 닫히는 틈 사이로 솔아가 흰 봉투를 내밀었고, 지연은 얼떨결에 그 봉투를 받아 들고 말았다. 손가락 사이로 부드러운 종이의 촉감이 느껴졌다. 지연은 자꾸만 둑을 넘으려는 울렁거림을 꾹 누른 채, 봉투를 난폭하게, 폭력을 가하듯 벅벅 뜯었다. 봉투 안에는 카드가 들어 있었다. 턱시도를 입은 남자와 새하얀 드레스를 입은 여자가 두 손을 잡고 정면을 쳐다보는 그림이 카드 한가운데 그려져 있었다. 그림 아래에는 결혼식이 열리는 장소가 약도로 펼쳐져 있었다. 약도 위 직선들은 지연을 향해 돌진하고 있었고, 카드 위의 활자들과 그림들은 빙글빙글 돌며 지연을 어지럽게 만들었다.

아! 나는 못 해, 안 될 것 같아!

6

섣불리 일어나다간 팬티 위의 강낭콩이 굴러떨어질지도 모른다. 두 손으로 허벅지에 걸쳐 있는 팬티를 조심스럽게 움켜쥐고 무릎을 지나 종아리까지 끌어내렸다. 이제 한 발씩 꺼내면 되겠다. 강낭콩이 떨어지지 않게 아주 살살, 그리고 조심히. 연약한 것을 다루는 일은 이렇듯 섬세해야 한다. 두 손의 힘의 균형을 맞추어 팬티가 어느 한쪽으로 기울어지지 않게, 팽팽해진 팬티 위의 강낭콩이 수평을 유지할 수 있게 조심스레 오른발을 꺼내고 이어 왼발도 꺼냈다. 그리고 드디어, 내 손바닥 위에 강낭콩이 들어왔다. 손바닥 위 점 하나밖에 되지 않는 강낭콩과 눈을 맞추었다. 하얗고 투명한 표면 아래로 푸르고도 불그스름한 무늬가 보인다. 곡선으로 휘어져 있는 몸체, 그 선형 자체가 주는 연약함은 보는 이로 하여금 시선을 떨칠 수 없게 만든다. 촉감은 어떻지, 체온은 또 어떨까? 내가 낳은 강낭콩의 정체를 인식하기 위해 표면을 더듬으려다 손을 멈칫했다. 자르지 못한 손톱이 강낭콩을 긁기라도 하면, 생채기라도 내면 어쩐단 말인가. 그러다가 문득 조심스러운 나의 행동이 내 마음을 깨닫게 했다. 아, 내가 정말로 강낭콩을 낳았구나. 막상 그렇게 생각하니 강낭콩을 향한 애정이 샘솟기 시작한다. 이 강낭콩을 내가 키워야 한다는 의무감도 생겨났다. 그제야 나는 강낭콩을 존재로서 인식하기 시작했다. 화분을 사야겠어. 부드럽고 촉촉한 흙도 필요하겠구나. 또 뭐가 필요하지?

7

대리님, 지난번에 결혼식에 와 주셔서 감사해요. 다른 사람은 몰라도 대리님께는 꼭 축하받고 싶었어요. 아, 이건

제가 신혼여행지에서 사 온 선물인데요. 하와이에서만 파는 원두래요. 별것도 아닌걸요. 제 마음이라고 생각하고 받아 주세요. 대리님, 각자도생, 적자생존 사회에서도 친구를 만들 수 있을까요? 전 그렇다고 생각해요. 대리님이 가능하다고 몸소 보여 줬잖아요. 아무것도 모르는 저를 옆에 끼고 계속 알려 주었었죠. 제가 딱히 역할도 못 했던 출장지에도 저를 부러 데려가 주셨었죠? 저를 부려 먹기 위해서 가르쳐 준 것일 뿐이라고요? 글쎄요, 전 그렇게 안 느껴지던걸요. 사람의 눈짓과 사소한 행동에도 마음이 분명 묻어나기 마련이라서요. 식빵 같던 팀장 기억나요? 왜 웃어요! 대리님이 알려 주셨잖아요. 마음이 답답할 땐 욕해도 된다고. 하지만 본인 입을 더럽히지 말라고요. 그러니까 '시발' 대신에 '식빵'을 쓰라고요. 웃지 마요. 나 진지한데. 식빵이 기분이 안 좋아서 제가 이유 없이 혼났을 때 말예요. 그때 대리님이 아무 말 없이 제 손에 바닐라라테를 쥐여 줬잖아요. 그리고 우린 그걸 들고 한참이나 회사 주변을 뱅뱅 돌았었죠. 사실 저 바닐라라테를 제일 싫어했어요. 혈관에 달라붙을 것만 같은 그 끈적이는 달콤함이 싫었거든요. 근데 막상 거부했던 그 달콤함이 그날따라 꽤 괜찮더라고요. '사람에게 마음 열지 말자', '사람에게 상처받지 말자', '사회에서는 마음을 꽁꽁 여며야 살아남는 거다' 굳세게 다짐했건만, 또 그렇게 쇠고랑을 채워 놓은 잠금장치를 열어젖히는 것도 사람인 것 같더라고요. 그래서 말이죠, 이 이야기의 결론은, 저 바닐라라테가 좋다고요.

아 맞다, 제가 그 이야기도 했던가요? 갑자기 생각난 것처럼 서두를 꺼내기는 했지만 사실 이 이야기를 제일 하고 싶어서 먼 길을 둘러 왔어요. 저 있잖아요. 사회생활도 서툴고 인간관계도 미숙하던 제가 한 아이의 엄마가 될 수 있었던 건 모두 대리님 덕분이에요. 그것도 대리님의 오타 덕분이랄까요? 대리님의 오타에 감사해요. 별거 아닌 그 오타가, 한 사람을 살릴 수 있다는 걸 처음으로 알았거든요. 오타 따위에 무슨 위로를 받냐고요? 저는 그랬는걸요. 제 이름 '솔아'를 늘 'ㅅ 글아'라고 적었잖아요. 손가락에 살이 쪄서 그렇다고요? 'ㅗ'와 'ㅏ'는 키보드에서 두 칸밖에 떨어져 있지 않는데 살이 쪘으면 얼마나 쪘다는 거예요. 대리님은 오타라지만 그 오타에 위로받은 사람이 있는 것 또한 사실이지요.

제 배 속에 있는 아이 말이에요. 벌써 16주래요. 티도 안 나죠? 태아의 성별을 알려 주는 건 불법이라지만, 초음파 검사 때 두 다리 사이로 덜렁거리는 뭔가를 봐 버렸어요. 의사 선생님도 넌지시 힌트를 주시더라고요. "아기 옷은 파란색으로 준비하시면 되겠네요"라고요. 대리님도 웃기죠. 저, 대리님의 그 눈빛 알아요. 웃고는 있지만 슬픈 그런 눈빛이요. 저 지금 행복해요. 어쩌면 내 커리어를, 직업을, 젊음을 버리는 것일지도 모르겠지만, 이 순간을 후회할지도 모르겠지만 기분만은 좋아요. 사실 후회하지 않을 선택이라는 게 어딨겠어요. 어느 선택이든 후회가 되기 마련인데. 임신 사실을 안 건 서울에서 진주로 내려오는 고속버스 안에서였어요. 이틀 동안의 출장길이어서 체력도 바닥이었죠. 잠을 청하려 하는데 도무지 잠이 안 오는 거예요. 앞으로 한참을 더 가야 하는데 속이 진정이 안 되더라고요. 앞 좌석에 머리를 박고 그대로 공처럼 몸을 돌돌 말아서 네 시간을 견뎠어요. 그리고 그다음 날부터 입덧을 하기 시작했는데, 그때 알았죠. '배 속의 아이가 어떻게든 자신을 알리려고 발버둥 치는구나!'라고요. 약국에서 임신 테스트기를 샀어요. 엉거주춤 변기에 앉아 가랑이 사이로 테스트기를 넣고 찔끔 소변을 봤죠. 그 선명한 두 줄은 의심할 여지가 없었어요. 얼마나 두려웠는지 몰라요. 테스트기가 잘못될 수도 있을까? 산부인과에 가 보는 게 좋을까? 스물다섯의 김솔아가 이 아이를 키울 수 있을까!

병명을 확진받듯 혼자 산부인과로 갔어요. 임산부로 가득한 그 복도에서 두런두런 들려오는 이야기들을 들었죠. '아기 성별은 뭘까?' '임신했는데 감기약은 먹어도 되는 걸까?' '아기가 복숭아가 당긴다고 하는데, 한겨울에 구해 올 수 있냐.' 뭐, 그런 시답잖은 이야기들이요. 저는요. 그날 질식할 것만 같았어요. 사치 같은 별 볼 일 없는 염려와 걱정들이 정말 숨 막혔거든요. 마침 제 이름을 부르길래 진료실에 들어갔어요. 들어가자마자 간호사가 옷을 벗고 나오라더군요. 그때 제 머릿속에 떠오른 건, 웃기게도 다리털이었어요. 검은색 스타킹으로 가리고 있던 그 원시적인 다리털 말이에요. 저는 진료실 바로 옆에 붙어 있는 간이 탈의실에서 스타킹을 벗고, 스커트도 벗고, 팬티도, 브래지어도 벗었어요. 말 그대로 발가벗고 나갔어요. 그것도 몰랐냐고 말하지 마요. 내가 어떻게 알았겠어요. 벗으라니까 벗었지. 의사는 두 손으로 얼굴을 가렸고, 간호사는 나를 다시 진료실 구석에 있는 커튼 안쪽으로 밀어 넣었어요. 간호사가 손끝으로 가리키는 곳을 따라가 보니 그제야 보이더라고요. 펑퍼짐한 초록색 고무줄치마가 벽에 걸려 있었을 줄이야. 위에 다시 티셔츠를 대충 끼워 입고, 밑에는 그 초록색 치마를 입었죠. 나가려는데 내가 벗어 놓은 옷의 허물들이 눈에 들어오더라고요. 허겁지겁 벗겨진 치마 위로 팬티가 툭 얹어져 있는데, 그 구겨진 옷감들이 왜 내 시선을 잡아끌었는지 모르겠어요.

다리를 양쪽으로 쭉 잡아 벌려, 질 안이 잘 보일 수 있도록 구현된 의자는 기괴했어요. 침대인지 의자인지 모호한 그곳에 누워 있으니 구겨진 제 뱃살과 동시에 맨발이 보이더라고요. 양말이라도 신었으면 덜 수치스러웠으려나, 내 거기로 얼굴을 들이미는 의사를 바라보면서 '발 냄새는 안 날까?' 그런 쓸데없는 생각이나 하고 있었죠. 이제 와 생각해 보니 그런 긴장감 없는, 보잘것없는 생각들은 일종의 도피였던 것 같아요. 지금을 초연하게 대처하고 있다는 저만의 왜곡이었던 셈이죠.

아무튼 그런 부질없는 생각을 하던 중 무언가가 쑥 내 안으로 들어왔어요. 속에서 느껴지는 촉감으로 봐서는 차가운, 금속 물질의 무엇이지 않았을까요. 그 뒤로는 움찔거릴 만큼 차가운 젤을 배에 바르기 시작하더니 바코드 스캐너같이 생긴 걸 막 배에 문지르더라고요. 그게 초음파 검사래요. 초음파로 배 속에 있는 걸 확인할 수 있다는 게 참 신기하지 않아요? 의사 선생님은 임신이 확실하며, 아이는 2센티 정도 된다고 말하더라고요. 네, 2센티요. 저는 2센티가 얼마만한지 모르겠더라고요. 그래서 하루는 문구점에 들러 자를 샀어요. 2센티는 어느 정도일까. 우리가 아주 작다란 걸 표현하기 위해 보통 엄지와 검지를 벌려 그 사이 간격을 표현하곤 하죠. 그런데 2센티는요, 엄지와 검지를 붙여야 되겠더라고요. 2센티. 그건 그냥 점이었어요. 먼지와 티끌 같은 점.

    초진이 끝나고 의사가 묻더라고요. "심장 소리를 들어보시겠어요?" 임신 사실을 확인받고 나서 멍하게 있는 제게는 갑작스러운 질문이라 저도 모르게 "아, 네네"라고 말하고 있더라고요. 그런데 지금 와 생각해 보면 의사는 알았던 거죠. 그 아이는 반가운 존재가 아니라는 걸요. 바코드 스캐너 같은 걸로 몇 번 제 배를 쓰다듬었을 뿐인데 심장 소리가 들리더라고요.

  쿵.

  쾅.

  쿵.

  쾅.

  쿵.

  쾅.

쿵.

쾅.

저는 자연스러운 반응을 했어요. 아이의 심장 소리가 감격스럽고, 신비롭고, 경이롭고 또 놀랍다는 듯이 두 손으로 입을 막으며 경탄을 금하지 못하는 소리를 냈죠. 그래야 하는 듯이, 그래야 도덕적으로 맞다는 듯이. 사실은 전혀 아니면서. "낳으실 거죠?"라고 묻는 의사의 말에 늘 그렇듯 "어, 네네"라고 대답했고 그렇게 산부인과에서 수첩을 받았어요. 초음파 사진이 덜렁 끼어 있는 분홍색 수첩을요. 간호사에게 이건 왜 주는 거냐고 묻자, 간호사가 말해 주더군요. "태아가 성장해 나가는 과정을 초음파 사진으로 기록하는 거예요"라고요. 나는 채울 수 없는 수첩을 가방에 욱여넣고 그 길로 산부인과를 뛰쳐나왔어요.

어른이라는 게 뭘까요. 회사를 다니고, 월급을 받으면 그 돈으로 사고 싶은 것을 부모님의 눈치를 보지 않고 살 수 있는 게 어른인 줄로만 알았어요. 하지만 내 배 속에서 벌어지는 일 하나를 어떻게 책임져야 할지도 모르는 나는 그냥 어린아이였어요. 그러다 문득 모든 게 웃기게 다가왔어요. 아이의 생명은 소중하니 함부로 지우면 안 된다느니, 임신과 출산은 축하받아야 마땅하다느니, 여자는 태어나서 꼭 이 과정을 겪어야 한다느니 뭐 그런 말 있잖아요. 그 누구도, 정작 아이를 임신한 저마저도 지금의 상황을 책임질 수 없는데 말이죠. 임신은 혼자 한 게 아니니, 같이 감당해야 한다고 생각해서 남자친구에게 말했어요. 남자친구는 기뻐했어요. 그렇지만 눈빛은 그렇지 못했죠. 축하하면서도 불안으로 떨리는 그 눈빛이 저를 되레 침착하게 만들어 주더라고요. 그런 남자친구를 이해해요. 걔도 스물다섯이었거든요.

그로부터 한 주 뒤 저는 그 산모수첩을 들고 산부인과에 또 갔어요. 스물다섯의 남자와 여자. 네 그렇죠 뭐. 이제 막 사회생활을 시작해야 할 나이, 사회적 쓸모를 다해야 할 나이. 그런 나이에 아이를 낳는다는 건 어떤 걸까요. 우린 아이를 지우기로 합의했어요. 우리 나름대로 정말 힘들게 내린 결정이니까, 우린 정말 진지하게 고민하고 합의했으니까, 이제 지우기만 하면 끝이었죠. 참 쉬운 표현이죠. 지운다. '낙태(落胎)', 아이를 떨어뜨린다는 말보다는 가볍잖아요. 그런데 지우개 지우듯 지워지는 게 아닌 건 또 몰랐네요. 두 번째 산부인과에서도 혼자였어요. 사회 초년생인 남자친구가 연차를 쓰는 건 쉽지 않았거든요. 초음파 검사를 하러 왔냐는 간호사의 말에, 고개를 젓고 뭐라고 대답할지 고민했어요. '낙태하러 왔다고 할까, 아니 그건 좀 무서워. 아이를 지우러 왔다고? 그렇게 쉬운 단어로 내뱉을 만큼의 각오가 아니었는데.' 그때 참 적합한 단어가 떠오르더라고요. "중절(中絶)하러 왔어요." 중절, 중간에 끊어 버린다. 임신을 중간에 멈춰 버리고 아이와 나의 끈을 끊는 중절이 적합한 것 같았어요. 그런데 내 말을 들은 간호사는 표정을 굳히더니 말하더라고요.

"불법이라, 본 산부인과에서 불가능할 것 같습니다"

각오를 다지고 왔건만, 마음만 먹으면 할 수 있다고 여겼건만 낙태는 불법이래요. 남의 일만 같던 일이, 막상 내 처지가 되니까 기가 막히더라고요. 낙태가 어째서 불법이지? 그렇다면 혼전임신을 하고 낙태를 앞두고 있는 나는 이제 완전히 범법자의 영역에 들어와 있는 건가? 그렇게 생각하니 남자친구와 했던 사랑의 행위들에서 사랑은 휘발되어 버리더라고요. 분명 나는 사랑으로 한 행위이건만, 세상은 이런 나를 두고 이성 없이 본능에만 충실했기에 벌을 받는 존재로 여기는 것만 같았죠. 간호사가 단호하게 안 된다고 하니 더 조급해지기 시작했어요. 어서 벌을 받고 싶었어요. 어서 벌을 받고서 범법자에서 합법의 영역으로 건너가고 싶었죠. 사고 친 솔아가 아닌, 순진한 '김솔아'로 돌아가고 싶었어요. 그거 알아요? 수술을 해 주는 병원을 찾는 거, 그거 어렵지 않아요. 전혀요. 동네에 있는 산부인과도 인터넷도 알려 주지 않았던 그 답, 가장 가까이 있는 이에게 물어보면 되더라고요.

저는 비밀리에 수술을 해 주는 산부인과를 찾아갔어요. 이때는 혼자가 아니었죠. 저, 엄마, 그리고 남자친구의 엄마도 있었죠. 남자친구는 역시 오지 못했어요. 이제 입사한 지 일 개월 차 신입이 연차를 쓰면서, '여자친구가 낙태 수술을 하려 합니다'라고 말할 수 있었겠어요? 저는 그때 '가족 한 명 죽이고라도 오지'라는 생각을 했어요. 할머니나 엄마, 아빠를 서류상 죽여서라도 와야지, 네 아이가 죽는 길에 배웅도 못 하냐 싶었다니까요. 남자친구 엄마라도 자리해 준 것에 감사해야 했을까요? 연애 시절 남자친구와의 결혼을 상상해 보곤 했어요. 남자친구네 부모님은 어떨까? 예쁨 받는 며느리가 되고 싶다, 뭐 그런 실없는 상상을요. 그런데 남자친구 어머님을 만난 건, 산부인과에서가 처음이었죠. 그것도 낙태를 하기 위해 만났으니, 얼마나 꼴이 우스워요. 이날도 산부인과는 만원이었어요. 몸무게와 혈압을 재는 임산부, 남편이랑 함께 손잡고 와서 배를 어루만지는 임산부, 설레는 마음으로 차례를 기다리는 임산부, 그 속에서 저는 주변을 돌아봤어요. 우리의 조합이 참 우습더라고요. 정말이지 우스워요.

의사에게 진료를 받기 전 간호사가 산모와 간단한 상담을 하는 공간이 따로 있더라고요. 고작 파티션 하나 둘러진 공간에서 우리는 수술 상담을 했어요. 수술 방법에는 어떤 게 있고, 비용은 얼마나 하는지 명확하게 이야기하는 간호사와는 달리, 엄마들은 감정에 호소했죠. "애들이 어려서", "책임질 수 없기 때문에"라고 계속해서 간호사에게 변명을 해댔어요. 왜 간호사한테 구차하게 변명을 하고 있는 걸까. 왜 저러는 걸까. 저러면 자신의 도덕성이 회복되기라도 한단 말인가. 파티션 너머로 앉아 있는 산모들이 떠오르자 지금이 더 치욕스러웠어요. 양쪽 엄마들과 간호사가 최종적으로 수술 방법을 결정하고 나자, 간호사는 확정된 수술비를 말했어요. 엄마는 가방에서 두툼한 현금 뭉치를 꺼냈어요. 그런데 남자친구의 엄마도 가방에서 준비했다는 듯 봉투를 꺼내 드는 거 있죠? 우리 엄마는 잠시간 고민하더니 말했어요.

"반반 해요"

반반, 반반이라니! 저는 왜 그 순간에 웃음이 나왔을까요. 그런 저를 양쪽의 엄마들이 쳐다보는 게 느껴지더라고요. 그래서 보란 듯이 더 웃어 줬어요. 이런 저를 뒤로하고 각자의 봉투에서 절반씩 현금을 추려, 간호사의 손으로 넘기는 모습을 지켜보며 저는 휴대폰을 들었어요. 우습고 같잖은 현실에서 도피하고, 이건 내 책임이 아닌 것처럼 하고 싶었는지도 모르죠. 눈은 휴대폰을 향하고, 손은 의미 없이 화면을 넘기고 있었지만 제 귀에는 현금 계수기가 지폐를 세는 소리만 들렸어요. 차르륵. 차르륵. 그 소리가 얼마나 천박하던지. 그때 대리님한테 문자가 왔어요. 'ㅅ 솕아 씨'라고 시작하는 문자였죠. 알아요. 그 오타는 늘 일상에서 제 주변에 있었던 말이라는 걸요. 하지만 그 순간에는 달랐어요. 살아, 살아 내라고 어떻게든 살아 내라는 말처럼 들렸어요. 전 그렇게 산부인과를 뛰쳐나갔어요.

8

'ㅗ'와 'ㅏ' 사이의 거리. 그 별 볼 일 없는 거리가 김솔아의 아이를 살렸을 리 없다. 김솔아는 이미 살리려고 마음먹었고 어떤 계기가 필요했을 뿐이다. 멀미가 일렁인다.

9

 어쩌지. 초조하게 선반을 뒤져 보고, 베란다의 창고도 뒤져 보지만 아무것도 보이지 않았다. 집 어디를 보아도 그 어떠한 것도 없었다. 강낭콩을 심어 줄 화분마저도 없었다. 그러고 보니 나는 삽도 없고, 흙도 없어. 강낭콩을 키울 수 있는 그 어떠한 것도 없다. 화장실 입구에서 팬티 위에 고스란히 누워 있는 강낭콩을 바라보았다. 몇 년째 입어 누런 냉이 지워지지 않는 그런 누추한 팬티 위에 가만히 묻어 있는 강낭콩을 바라보았다. 얼마 전 배달을 시켜 먹고 여전히 부엌에 머물러 있는 비닐봉지가 생각났다. 비닐봉지 겉면에 붙은 영수증을 뜯어내고 비닐의 상태를 점검해 보았다. 어디 구멍 난 곳 하나 없는 검은색 비닐봉지, 이것이야말로 초라한 내 팬티를 잘 가려 줄 것만 같다. 어쩌면 이게 최선일지도 모른다. 심어 줄 여건조차 되지 않는데, 도대체 어떻게 키운단 말인가. 식물 따위 키울 줄 모른다. 심는다는 것조차 사치였을지도 모른다. 그래도 마음은 여전히 강낭콩에게 기울어서, 나는 검은색 비닐봉지에 조심스럽게 넣었다. 강낭콩, 내가 낳은 강낭콩을 조심스럽게 담았다. 그것만이 내가 해 줄 수 있는 전부임이 분명하다.

10

딸이 임신을 했다. 감추려 들지 말아라. 네가 아무리 배를 옥죄어도, 네가 아무리 구역질을 참아내도 내 눈에는 다 보인다. 나 또한 겪어 온 과정이기에 네 마음마저 보인다. 너는 무엇이든 될 수 있는 아이이며, 너는 무엇이든 할 수 있는 아이다. 그렇기에 일찍이 너 자신을 포기하지 않는 길을 가거라. 너 자신을 포기하지 않을 수 있다면 불법의 영역이라도 괜찮다.

11

아들이 아이를 낳겠다고 한다. 그 선택 하지 말아라. 자식은 부모를 실망시킬 권리가 있다. 그러니 괜찮다. 부모는 자식을 돌볼 책임이 있다. 그러니 나 또한 기꺼이 이 죄를 감내하겠다. 기어코 '안 된다'라고 말한다는 것은, 지금 현재만 보는 것이 아니라 너의 내일, 미래를 내다보았기 때문이다.

12

 딸아. 우리는 같은 역사를 살아왔다. 돌림자를 주기 위한 남자아이를 낳기 위해서 그래 왔으며, 둘 이상은 먹여 살릴 여력이 없어서 그래 왔으며, 성교육이라고는 받아 본 적 없고, 그래서 피임이 무엇인지도 교육받지 않았기에 그래 왔다. '남아선호사상'이니 '산아제한정책'이니 사회가 요구하는 잣대에 정직하게 휘둘리면서 그리 살아왔다. 어느 시대에는 합법이 되고, 어느 시대에는 불법이 되는 혼돈 속에서 나날이 죄책감이라는 마음의 감정만 커져 나가니 견딜 것은 못 되었다. 그래서 기억을 조금 뒤바꾸니 마음이 편했다. 달려 있어야 할 것이 안 달려 있던 아이를 떼던 날, 나는 낙태가 아닌 '유산'을 한 것이라고 여겼다. 두 아이를 어렵사리 키우고 있는 어느 날 생긴 세 번째 아이를 떼던 날도 내겐 '유산'이었다. 그것만이 내게 오롯한 진실이었다.

너 또한 우리의 역사와 무엇이 다르랴. 성(性)은 부끄럽고 은밀한 것으로 포장되어 되레 호기심을 갖게 만들었고, 젊은 청춘은 자연스러운 본능에 몸을 움직였지만, 늘 성관계 후에는 죄책감에 시달리도록 옥죄었다. 호기심의 결과는 죄악이었다. 출렁이는 젊은이들의 열정은 동물적인 감성으로 격하되었고, 그들의 사랑 또한 본능에 이끌린 부수적인 것으로 치부되었다. 청춘들의 마음에는 상흔만 남았을 것이다. 그러니 네 역사와 우리 것이 무엇이 다를까. 그렇기에 아이야, 수술을 위한 병원을 찾기란 어려운 일이 아니란다. 그러니 아이야, 너는 근심 말아라. 너는 혼자가 아니다. 너도 이제 우리의 일원이 되었다. 비밀이란 사실을 알고 있는 이들을 하나로, 공동체로 묶어 주기도 한단다. 너도 이제 비밀을 알았고, 사실을 몸소 경험했으니 우리 공동체의 일원이다. 너도 우리와 같은 처지가 되었으니, 알 자격이 있다. 네 엄마인 나도, 너의 사촌도, 옆집 이모의 딸도, 우리는 같은 경험을 공유했다. 우리는 비밀을 공유한 공동체가 되었다. 그러니 두려워 말아라.

13

다리털을 밀자.

그리고 스타킹은 신지 말고 양말을 신어야 한다.

14

나는 검은색 비닐봉지를 질끈 묶었다. 그러고는 엄마를 불렀다.

"엄마, 엄마!"

비명에 엄마가 산산조각이 나지는 않을까 잠깐 주저도 했으나, 이 상황을 혼자 어찌할 도리가 없으므로 엄마를 다시 불렀다.

"엄마, 엄마!"

선잠이 들었던 엄마는 바로 일어나 내게로 달려왔다. 엄마는 나를 보자마자 주춤했는데, 그도 그럴 것이 내 몰골이 말이 아니었다. 아래는 발가벗고 있었고, 허벅지 사이에는 핏물이 뚝뚝 떨어지고 있었다. 그 상태로 온 집안을 헤집고 다닌 터라 주방으로부터 화장실에 이어 거실에는 피로 이어진 길이 만들어져 있었다. 엄마는 검은색 비닐봉지를 들고 있는 나를 멍하니 바라보았다. 거뭇한 음모에 맺혀 있던 핏방울들이 바닥에 뚝 떨어지자, 그제야 엄마는 정신을 차렸는지 화장실에서 수건을 가져오더니 내 앞에 무릎을 꿇고 앉았다. 그러더니 실개천처럼 허벅지를 내리지르는 핏물들을 닦아 내기 시작했다. 닦고, 닦고 또 닦았다. 그러고는 성인용 기저귀를 가져와 내게 채워 주더니 물었다.

"손에 든 건 뭐니?"

"그거."

우뚝 멈춰 선 엄마의 손길을 느끼며 나는 물었다.

"어쩌지?"

"…다 끝난 거다 이제. 병원에 가자, 잠시만 기다려."

나를 방으로 데려다준 엄마는 옷을 챙겨 입고 있으라며, 자신은 마무리를 하고 있겠노라고 말했다. 방을 나서려고 뒤돌아 있는 엄마의 등을 향해 나는 물었다.

"지금 새벽 세시인데, 병원이 열었을까?"

"그래."

엄마는 왜 그렇게 잘 알아?

병원으로 가는 길은 추웠다. 아무리 옷을 여며 입어도 바람이 내 속을 파고들었다. 운전대를 꾹 잡고 고집스럽게 앞만 보고 있던 엄마는 "히터를 틀었는데도 몸이 아직도 차니"라고 물었다. 나는 대답 대신 고개를 끄덕였다. 엄마는 운전대에서 한 손을 떼어 히터를 더듬으며 바람 방향을 내게로 돌렸다. 그런 엄마의 손길을 빤히 지켜보다 물었다.

"봉지는 어쨌어?"

엄마는 고집스럽게 입을 다물었다. 나 또한 고집스럽게 물었다.

"봉지는? 거기에 팬티도 넣어 뒀는데."

엄마가 대답했다.

"품에 있어."

엄마의 패딩 안 깊숙이 넣어져 있을 내 팬티, 엄마가 품고 있는 내 팬티를 떠올리자 웃겼다. 내가 내뱉은 것을 고스란히 품다니. 혼자서 킥킥거리며 웃다 보니 입가가 축축해진 게 느껴졌다. 혀를 날름거려 보니 짠맛이 느껴졌다. 나는 지금 울고 있는 걸까. 안 된다. 울어서는 안 된다. 내 옆에 앉아 있는 이를 위해서라도 울어서는 안 된다. 눈물을 들켰을세라 서둘러 옆을 바라보았다. 엄마는 아까와 같이 앉아 있었다. 운전대를 꾹 쥐고, 앞의 길만 바라본 채로 여전히 그 자세로 있었다. 엄마의 옆모습을 보며 처음으로 엄마를 알 수 없다고 생각했다. 꾹 다물린 입술은 나에게 화를 내는 걸까. 내게 한 번도 고개를 돌리지 않는 저 우직한 시선은 나를 비난하는 걸까. 엄마는 늘 내게 소란스럽게 화를 내곤 했었다. 방을 좀 치우라느니, 택배 좀 그만 시키라느니. 그런데 지금의 엄마는 왜 고요한 걸까. 왜 이렇게나 조용한 걸까. 새벽 세시의 도로는 노란 점멸등만 깜빡였다. 빛과 그림자를 품은 엄마의 얼굴이 드러내는 표정을 도저히 모르겠다.

병원에 도착해서도 우리는 병원으로 곧장 들어갈 수 없었다. 나는 엄마가 시키는 대로 차 안에 우두커니 앉아 있었다. 엄마는 차 밖에서 은밀하게 누군가와 전화를 시도했다. 비밀 요원이라도 되는 듯 엄마는 속삭이며 말했는데, 한 줌의 소리도 내 쪽으로 흘러 들어오지 않았다. 한참 후, 엄마는 나를 병원의 뒷문으로 데려갔다. 문 주변에는 담배꽁초가 바닥을 어지럽히고 있었고, 곳곳에 배어 있는 담배 냄새가 코를 찔렀다. 의료 폐기물이 지나다니는, 불 한 점 들어오지 않는 그 뒷문의 계단을 오르며 나는 그제야 몸을 떨었다. 모든 것을 돌이킬 수 없음을 이제야 실감했다. 전화를 받고 미리 나와 있던 간호사는 불 꺼진 병실로 엄마와 나를 밀어 넣었다. 익숙한 병원 로고가 다닥다닥 프린팅되어 있는 침대 위에 몸을 눕히자 엄마는 사방을 커튼으로 쳐 버렸다. 내 상태를 확인한 간호사가 커튼을 들추고 병실을 나가자, 엄마는 간호사의 두 발치 뒤로 따라나섰다. 나는 벌어진 커튼 틈 사이로 엄마를 바라보다 이내 눈을 감았다.

15

지금 와서 상상해 보곤 한다. 엄마는 검은색 비닐봉지를 어떻게 처리했을까?

간호사를 따라나섰던 엄마는 간호사에게 물었겠지.

"이건 어떻게 할까요?"

정확하게 지칭될 수 없고, 이름도 없는 '그것'을 엄마는 간호사의 손에 건넸을 것이다. 심장과 가장 가까운 품에 넣어서 온기를 품은 그 검정 비닐봉지는 간호사의 손가락에서 잠시간 덜렁거렸을 것이다. 쓰레기통 앞에 선 간호사는 그 봉지 안을 열어봤을 테고, 봉지 안에는 피 묻은 팬티가 들어 있었을 거야. 간호사는 그 추레한 팬티를 버리려는데, 팬티 안에 뭔가 보이는 게 아니겠어? 그녀는 순간 고민했을 거야. 이것은 유기물일까, 무기물일까? 비닐장갑을 손에 끼고 그녀는 분류했을 거야. 그러고는 팬티에서 그것을 떼 내었겠지. 그리고 그것은 의료 폐기물 통에 들어갔겠지. 자신을 감싸 주던 그 팬티와 이별을 고하며.

 언젠가 한 번 간호사인 친구한테 물어본 적이 있어. 의료 폐기물들은 어떻게 되는 거야? 폐기되는 거지. 더 구체적으로 어떻게 폐기되는데? 병원에서는 조직물류와 아닌 것을 나눠서 담아. 조직물류 폐기물은 썩을 수 있으니 냉장 또는 냉동 보관해야 하거든. 보관한 건 어떻게 되는데? 폐기물 업체가 와서 가져가지. 대부분 폐기물 업체는 병원에서 위탁 용역을 주거든. 폐기물 업체는 어떻게 폐기하는데? 잘은 모르지만, 불을 이용해 소각하는 거 아닐까? 너도 몰라? 내가 어떻게 알겠어. 왜 몰라? 마지막까지 지켜봤으면서 왜 몰라? 그럼 내놔! 내 몸에서 나온 조직이니까, 내 몸에서 떼 낸 거니까, 그건 또 다른 '나'야. 나라고! 내놔!

 나는 지금도 궁금해. 채 마르지 않은 피가 뚝뚝 떨어지는 그 팬티 위에서 소심하게 숨어 있던 강낭콩 말이야. 잠시간의 품에 온기를 얻었다, 이내 온기를 빼앗겨 버린 그 강낭콩 말이야. 결국 나와의 유일한 연결 고리였던 팬티와 떨어졌겠지. 세상에 나자마자 자신을 품어 준 그 추레한 천으로부터 떨어졌겠지. 그리고 강낭콩은 이내 의료 폐기물이 되어 얼마간 냉동실에서 한 줌의 생기마저 잃어버리고 말았겠지. 그리고 들들거리는 구르마에 실려서 소각장으로 갔으려나? 소각장에서 불살라진 강낭콩은 몇 그램이나 됐을까? 재도 되지 못했을 거야. 워낙 작았잖아? 근데 하나는 확실해. 강낭콩은 나보고 찾지 말라고 재로도 안 남길 원했을 거야. 걔도 결국은 '나'잖아. 그러니까 나만큼 걜 잘 아는 사람이 어딨겠어.

16

"박 대리, 복귀했네. 휴가를 일주일이나 썼다며? 어디 동남아라도 다녀왔어?"

아뇨, 집에서 미역국만 먹었어요.

"우직하게 일만 하던 사람이 말도 없이 휴가를 써서 다른 회사 면접 보러 간 줄 알았잖아. 그래서, 어디 다녀왔는데?"

"강낭콩, 강낭콩을 심고 왔어요."

17

[장사 등에 관한 법률, 약칭 장사법에 의하면 임신 4개월 이후 죽은 태아만을 '시신'으로 인정한다. 같은 법 제7조에 의하면 "누구든지 화장시설 외의 시설 또는 장소에서 화장을 하여서는 안 된다." 그러므로 4개월 미만, 즉 16주 미만의 태아(사산아)는 시신으로 분류될 수 없으며, 의료 폐기물로 분류하여 폐기토록 한다.]

강낭콩은 보드라운 흙에 그 여린 몸을 묻을 수조차 없다.
고작 십 주도 못 품은 강낭콩은, 점조차도 못 되는 티끌인 나의 강낭콩은,
법적으로 태아가 될 수도 없고 시신으로 여겨지지도 않는다.
품을 때조차 '사고'라고 불리며 윤리의 영역 밖에 있었고
중절을 결정했을 때조차 법의 테두리 밖에 있었고
죽어서조차 장례를 치르는 행위가 불법이 되어 버렸다.
소멸의 순간까지도 선택의 여지가 없는,
그 존재가 태아일 수도 시신일 수도 없는
의료 폐기물로서만 그 존재가 정의될 뿐인,

그게 바로 내 강낭콩이다.

— 2016년의 어느 날

18

　들숨과 날숨으로 움직이는 갈비뼈를 내려다보았다. 아이에게 내어 준 왼손 대신 오른손을 들어 아이의 가슴팍 위에 올려보았다. 오르락내리락하며 손바닥을 간지럽히는 생명력이 느껴졌다. 이마를 쓰다듬기도 하고 머리칼을 만지기도 하며 그 순간을 즐기고 있는데, 아이가 번쩍 눈을 떴다. 비몽사몽 잠에서 좀처럼 깨어 나오지 못하는 아이는 제 볼을 간지럽히고 있는 내 머리카락을 손으로 움켜쥐었다. 그러더니 작은 손으로 내 머리칼을 쓸어 귀 뒤로 넘겨주었다. 세상에! 아이한테도 설렐 수 있구나. 어느새 내가 웃고 있었는지 아이는 나를 따라 환히 웃어 주었다.
　"굿 모닝."
　"엄마도, 굿 모닝."
　벌써 다섯 살이 되었구나, 너는.

날씨가 제법 포근해졌는지 덮고 있는 이불이 답답하게 느껴졌다. 때마침 아이도 감기가 나은 터라 오랜만에 외출을 결정했다. 나들이 장소는 가까운 식물원이었다. 외출 소식에 아이는 신이 나 자신의 가방에 주섬주섬 젤리를 챙기기 시작했다. 남편은 돗자리와 축구공을 챙겼다. 나는 남자 둘이 놓친 것들을 바지런히 챙겼다. 물과 티슈, 여벌 옷과 수건.

음, 또 뭐가 빠졌을까?

식물원 주변에는 식당이 없으니 김밥을 좀 사 가야겠네.

짐을 꾸린 나는 남편에게 김밥집에 가자고 말하려고 뒤돌아봤으나, 마음이 급한 아이와 남편은 이미 현관문을 나서고 있었다.

"잠깐, 같이 내려가!"

식물원에 도착해서 남편은 아이와 달리기 시합을 하며 저만치 앞서갔다. 벌써부터 흥을 주체하지 못하고 들썩이는 남자들을 보고 피식 웃고 말았다. 나는 그들에게 입구에서 기다리라고 말하며 매표소로 향했다. 잠시간 줄을 서 있다가 곧 내 차례가 되었다. 매표소 직원이 물었다.

"몇 명이세요?"

나는 카드를 내밀며 대답했다. "어른 둘에 아이 한 명이요."

매표소 직원은 이어서 다시 물었다.

"아이는 36개월 미만인가요?"

"…"

"저기, 선생님? 아이가 36개월 미만인가요?"

"…"

"선생님, 아이가 36개월 미만이면 무료입장이라서 묻는 겁니다. 아이가 몇 살인가요?"

"…"

"저기요!"

나는 허겁지겁 카드를 내밀며 대답했다.

"아, 죄송합니다. 아이는 다섯 살이에요. 이 아이가 첫째죠. 외동이에요."

식물뿌리

지영은 눈앞에 누워 있는 진석을 찬찬히 바라보았다. 매사에 진지하고 근엄했던 진석의 이마에는 깊은 주름이 패어 있었다. 섬에서 나고 자란 사람답게 바다의 짠내를 머금은 피부는 새까맣고 퍽퍽하다. 유년 시절엔 가족을 도와 김 양식장의 그물을 칭칭 감았고, 청년이 되어서는 농기구를 수리한다고 손톱이 자주 빠졌다던 그 투박하고 거친 손은, 진석의 인생을 담고 있었다. 몸이라고 뭐가 다를까? 몸뚱이가 유일한 자산이었던 진석은 일용직을 전전하며 돈을 벌었고, 그 돈으로 검정고시에 합격하여 고등학교 졸업장을 제 손으로 거머쥐었다. 진석은 졸업장을 자본 삼아 섬을 뛰쳐나왔다. 그 뒤로 직업군인이 된 그는 미선과 결혼하여 지영의 아빠가 됐다. 여기서 이야기가 끝났으면 얼마나 좋을까. 그는 가정을 꾸리고 잘 살고 있다고, 우리 주변을 돌아보면 흔히 있는 그런 가족과 다를 바 없다고 말할 수 있었으면 좋았을 텐데 말이다. 진석은 지영이 열아홉 살이 되는 해에 집으로 귀환하지 못했다. 교통사고였다. 그래서 진석은 지영의 눈앞에 이렇게 지긋지긋한 병동에서, 저 허연 병원복을 7년째 입고 누워 있는 것이다.

진석은 식물인간이다. 이 말은 선고다. 당신은 이제 사람이 아니라는 선고 말이다. 사회적 쓸모를 증명할 수 없으며, 인간으로서의 사고도 할 수 없는 진석을 분명하게도 사회에서는 식물이라고 분류했다. 따라서 식사하는 것은 먹는 행위가 아니라 피딩(feeding)이라고 명명하며, 눈을 깜빡이거나 손을 움직이는 것은 행동이 아니라 뇌간의 움직임에 따른 증상이라고 해석된다. 그렇다면 진석은 어떤 식물군에 속할까. 4억 7천만 년 전, 그러니까 오르도비스기에 처음으로 식물이란 것이 등장했는데 그것이 바로 선태식물이라고 불리는 고대의 이끼류였다. 이끼는 기존의 바닷속에서 살던 홍조류, 녹조류가 지상으로 올라와 육지에 적응한 식물이었다. 육지에서 성공적으로 적응했지만, 광합성이나 토양을 통해 양분을 흡수하는 방법을 이끼는 알 수 없었다. 이를 해결하기 위해 이끼는 새로운 구조체가 필요했고, 그 방법이 관다발이라는 구조를 만들도록 진화하는 것이었다. 체내에 물관, 체관과 같이 수분과 양분이 수송될 수 있는 체계가 만들어짐에 따라, 이끼는 이제야 제대로 된 줄기의 형태를 가지게 되었다. 이후 줄기는 분화하여 잎을 만들었고, 그 잎을 통한 광합성으로 자기 생존을 이어 나갈 수 있었다. 이런 식물의 역사를 살펴볼 때 진석은 진화되지 않은 이끼와 다름없지 않을까. 후두에 삽관된 기관절개관이라든가 위장에 꽂아 넣은 영양공급 튜브는 식물의 줄기처럼 진석을 살게 했지만, 진석을 궁극적으로 변화시키지는 못할 것이다. 진화가 멈춰 버린 고대의 이끼는 어떻게 되는가? 혼자서는 자생할 수 없는, 돌봄을 받지 못하는 이끼는 어떻게 되는가?

한 사람과의 추억은 돌봄의 대가가 된다. 추억이 소진되고 고갈되면 돌봄도 끝난다. 지영은 더 이상 간병을 지속할 수 없었다. 진석이 식물인간이 된 이후로 지영과 진석 사이의 추억은 유한한 한계량이 있었기 때문이다. 지영에게는 돌봄을 지속할 이유인, 진석과의 추억이 더는 없었다. 그러니 이제는 멈춰도 괜찮지 않을까. 지금이야말로 멈춤의 순간이 아닐까. 지영은 가방에서 서류봉투를 꺼냈다. 그리고 진석의 침대를 책상 삼아 봉투 속 서류들을 꺼내 펼쳐 놓았다. 한참 동안 종이를 들여다보고 있는데, 호주머니에서 휴대전화가 울렸다. 미선의 전화였다. 전화를 받자마자 미선이 황급히 물었다.

"간병인 선생님께 들었어. 오늘 회사에 출근 안 하고 병원으로 갔다며?"

이어 미선은 지영에게 남아 있는 휴가가 있었냐고 물었다.

"아니, 창립 기념일이라고 쉬라네."

지영의 대답에 미선은 "그런 날도 쉰다니?"라고 놀라며 말했다. 미선의 반응에 지영은 다른 손에 쥐고 있던 종이를 뒤집어 두었다.

"모처럼의 휴일인데 들어가서 쉬지. 어차피 간병인 선생님이 일하시는 날인데."

"간병인 선생님도 휴가가 필요하지. 난 괜찮아, 그나저나 엄마 오늘 몇 시에 마쳐?"

이어 지영은 퇴근하자마자 병원으로 와 줄 수 있냐고, 무슨 일이 있는 게 아니라 그저 엄마랑 커피 한잔 마시고 싶어서 그런다고 말했다. 한동안 답이 없던 미선은 그러겠노라며, 그러나 아무리 서둘러도 새벽은 되어야 한다고 덧붙였다. 지영이 알겠다고 답하며 전화를 끊자마자, 휴대전화가 또다시 울리기 시작했다. 휴대전화 액정에는 '경영지원팀 박대리'라고 적혀 있었다. 지영은 전화를 받지 않고, 액정 속 이름만 빤히 쳐다보았다. 곧 전화는 끊겼고, 박 대리의 이름은 부재중 전화 목록으로 넘어갔다. 지영은 휴대전화를 호주머니에 다시 밀어 넣고, 진석의 침대 위로 머리를 뉘었다. 오른쪽 볼을 침대에 대자 지영의 시선에 진석의 발끝이 닿았다. 곰팡이로 누런 데다가 하얗게 각질이 일어난 발톱이 보였다. 유독 진석의 엄지발톱은 두껍게 층층이 쌓여 있는 모습이었는데, 이는 균으로 인해 갈라진 발톱 사이로 새로운 발톱이 끊임없이 자라났기 때문이다. 지영은 고개를 돌려 왼쪽 볼을 침대에 붙였으나, 이번에는 진석의 턱이 보였다. 거친 살갗을 뚫고 나온 턱수염은 지영의 털과는 달리 어찌나 굵고 날카로운지 모른다. 지영은 갑자기 진석의 사타구니가 떠올랐다. 소변줄을 끼우기 위해, 몸을 닦기 위해 지영은 진석의 성기를 아무렇지 않게 바라보고 이내 만질 수 있게 되었다. 진석의 존엄성이라든가 아빠로서의 권위를 훼손시키지 않게 고개를 돌렸던 과거와는 달리, 지금의 지영은 아무 감흥도 없이 진석의 성기를 관찰까지 할 수 있었다. 진석의 성기는 버섯 포자를 닮았다. 성기 주변의 털들은 얼마나 빽빽하게 우거졌던지. 진석은 이제 자신에게조차 완전히 식물이 된 듯했다. 아니, 이미 온전한 식물이다! 지영은 침대에 뉘었던 얼굴을 들었다. 그러고는 침대 위에 펼쳐놓은 서류들을 다시 한번 꼼꼼히 확인한 후, 갈무리하여 봉투에 넣었다. 호주머니 속 휴대전화에서는 다시금 진동이 울리고 있었다. 박 대리, 그러니까 준영으로부터의 전화였다. 지영은 한숨을 내쉬며 준영의 전화를 받았다.

"네, 준영 씨"

준영의 목소리가 지영의 휴대전화에서 쏟아져 나왔다.

"왜 하루 종일 전화를 안 받아? 얼마나 걱정했는지 알아? 오늘 출근은 왜 안 했어?"

지영은 조금은 장난스레 되물었다.

"저 잘린 거 아니었어요?"

지영의 물음에 준영은 기가 막힌다는 듯 말했다.

"아직 계약이 해지된 건 아니니까 출근해야 맞잖아. 아무 말도 없이 무단결근을 한 적은 처음이라 정말 걱정 많이 했어. 설마 아버님께 무슨 일이 생긴 건 아닌지, 얼마나 마음 졸였는지 알아?"

이어 준영이 물었다.

"…어제 시험 결과 때문에 그래?"

준영의 물음에 지영은 어제 있었던 일을 떠올렸다. 자신의 각오를 다지게 해 주었던 바로 어제를 말이다. 지영은 가족 중 아픈 사람이 있다는 말로 툭하면 출장과 야근을 거부하곤 했다. '오늘은 제가 당번이라 일찍 가 봐야 해요'라든가 '전에 일해 주시던 간병인이 갑자기 그만두어서요'라는 말을 너그러이 이해해 줄 직장 동료는 없었다. 처음 지영의 사정을 들은 이들은 딱하게 여겼다가, 이내 공과 사를 구별하라는 이야기를 반드시 꺼내고야 말았다. 그런데도 지영은 어쩔 도리가 없었다. 세상엔 아픈 사람이 어찌나 많은지 간병인 구하기도 쉽지 않았고, 미선과 교대로 간호하다 보니 지영은 반드시 정시에 출퇴근해야 했다. 연차는 모두 끌어다 써야 했고, 생리휴가나 온갖 병가를 구차한 변명을 해 대며 자주 쓸 수밖에 없었다. 그런 그녀의 존재는 길마다 발에 걸리는 돌과 같았다. 그래서인지 지영은 팀 이동이 잦았다. 팀마다 그녀를 일 년간 감내했다가 해가 바뀌면 다른 팀으로 보내 버렸기 때문이다. 지영의 계약 기간이 종료되길 기다리는, 그야말로 폭탄 돌리기였다. 폭탄은 당연하게도 정규직 전환 시험에 떨어져야만 했다. 시험 결과를 본 지영은 낙담하지 않을 수 없었는데, 그런 지영을 쳐다보던 동료의 눈빛을 잊을 수 없다. '설마 네가 붙을 거라 기대

했냐?'라는 의문이 섞인 그 눈빛을 말이다.

퇴근 후 집으로 뛰어온 지영은 집 안을 둘러보았다. 거실 한가운데는 아직 개지 못한 빨래들이 쌓여 있었다. 부엌에는 때에 맞춰 버리지 못한 음식물 쓰레기 냄새가 퍼져 있었고, 설거짓거리가 숨이 막히도록 싱크대를 꽉꽉 채우고 있었다. 지영은 눈에 밟히는 모든 것을 무시한 채 거실을 가로질러 베란다로 뛰어갔다. 베란다에는 화분이 가득했으나, 화분에 터 잡고 살아가는 식물들은 모두 생기를 잃고 잿빛으로 물들어 있었다. 언젠가 진석이 승진할 때 받았던 난은 원래의 형태를 기억할 수 없을 만큼 거무튀튀한 줄기가 되어 있었다. 그 언젠가 진석이 사 왔던 몬스테라는, 지영에게 이번에는 찢어진 잎이 나올까 붙여진 잎이 나올까 기대감을 주었던 그 식물은, 고개를 바닥으로 처박으며 꼬꾸라져 있었다. 미선이 절대 죽지 않을 거라고 말했던 다육식물이나 스투키도 모두 삐쩍 말라 안으로 쪼그라들어 있었다. 산다는 것은 늘 돌봄의 연속이다. 정기적으로 손발톱이나 머리를 자르고, 먼지 쌓인 집안을 닦고, 키우는 식물에 물을 주는 것과 같이 늘 나와 주변을 돌봄으로써 삶이 영위된다. 그렇다면 돌봄을 받기만 하고 되돌려줄 수 없는 삶은 살아 있는 것일까? 자신을 소모하며 무작정 돌봄을 주기만 하는 이의 삶 또한 살아 있다고 볼 수 있는 걸까?

지영은 아예 베란다에 자리 잡고 앉았다. 그러고는 마트에서 사 온 쓰레기봉투를 호주머니에서 꺼내 펼쳤다. 이어 화분 하나를 자신의 앞으로 끌어당긴 뒤, 화분 위로 돋아 있는 마른 줄기를 움켜잡고 뽑았다. 메마른 뿌리는 어떠한 저항도 없었다. 지영은 이어서 스투키를 자신의 앞으로 가져왔다. 스투키의 뾰족한 줄기를 손으로 움켜잡자 스투키 내부에 응집해 있던 수분이 짓눌리며 터져 나왔다. 맨손으로 작업하고 있던 지영은 손바닥을 타고 전해져 오는 스투키의 물성에 소름이 끼쳤다. 손안에서 으깨지는 스투키, 손바닥에 달라붙어 있는 끈적이는 스투키의 잔해는 지영의 두 눈을 질끈 감게 만들었다. 지영은 스투키를 화분째 쓰레기봉투에 내팽개치듯 버렸다. 이어서 지영은 몬스테라를 가져왔다. 제법 큰 화분이라 흙의 무게가 묵직했다. 지영은 우선 몬스테라부터 뽑아서 버리고 흙을 파내려고 마음먹었다. 그런데 지영이 줄기를 아무리 잡고 흔들어 보아도 몬스테라는 꼼짝도 하지 않았다. 지영이 허벅지 사이에 화분을 끼우고 힘껏 줄기를 잡아당겨 보았지만 소용없었다. 살아날 가능성도 없으면서 뿌리를 왜 그렇게나 억척스럽게 뻗쳤는지, 다 죽은 주제에 뿌리가 화분에 어찌나 철썩 달라붙어 있는지. 지영은 자리에서 일어나 화분을 발로 차 보기도 하고, 깨뜨릴 듯 화분을 내리쳐 보기도 했다. 그러나 뿌리는 지영을 철저히 무용하게 만들었다. 흙 속에서 한 방울의 물이라도 흡수하기 위해 뿌리를 내리려는 식물의 의지에 결국 지영은 더 잔혹해졌다. 지영은 가위를 들고 와 뿌리를 자를 수밖에 없었다. 쳐내고, 내리치고, 조각내고, 뽑아내고, 끊어 버리는 것 외에는 도리가 없었다. 지영은 몸이 떨렸다. 자신의 악착스러움에 놀라서? 아니면 식물의 생을 끊는 것에 대한 죄책감 때문에? 아니, 자신을 이렇게 만든 뿌리에 분노해서다. 지영은 소리쳤다. "떨어져! 떨어지라고!"

지영은 묵직한 쓰레기봉투를 집 앞에 내다 버리고 무작정 도로를 걸었다. 지영은 휘몰아치는 감정에 휘청거렸다. 자신의 모든 실패가 진석의 탓인 것만 같았다. 왜 하필 진석은 지영이 수능을 앞둔 시점에 사고가 났는가, 왜 미선은 평생을 주부로만 살아서 이럴 때 생계를 유지할 능력이 없는가, 왜 지영은 학자금 대출이며 병원비를 감당하며 청춘을 시작해야 하는가, 왜 사회생활도 연애도 뭐 하나 쉬운 게 없는가. 모든 것은 왜로 시작해서 왜로 끝났다. 어느새 지영은 병원 앞에 서 있는 자신을 발견했다. 병원으로 향하는 길이 집으로 가는 길보다 익숙해졌단 사실이 지영을 더 없이 슬프게 만들었다.

병실 문을 열고 들어가니 미선이 보호자용 간이침대에 누워 잠들어 있었다. 장기 투병자가 된 진석의 자리는 창가 쪽에 있었는데, 창가에는 온갖 짐이 즐비해 있었다. 세수하고 널어 놓은 수건, 모가 벌어진 칫솔, 손톱깎이와 귀이개, 성경책과 몇 권의 시집, 샴푸, 퐁퐁과 수세미, 여러 종류의 샘플 로션들, 얼기설기 얽혀 있는 충전기 선들이 시선을 어지럽혔다. 진석과 미선은 커튼으로 둘러싸인 한 평의 공간에 꾸깃꾸깃 구겨져 있었다. 지영은 그 속으로 걸음을 옮겼다. 그러고는 미선을 거칠게 흔들어 깨웠다.

"엄마, 일어나 봐. 엄마."

미선은 피곤했는지 좀처럼 잠에서 헤어 나오지 못했다. 지영은 울부짖으며 미선을 불렀다.

"엄마, 엄마! 제발, 일어나 봐."

미선의 살짝 열린 눈에 지영이 담기자, 미선은 벌떡 일어났다. 미선은 허겁지겁 말을 늘어놓았다. 오늘 퇴근 후에 왜 병원으로 오지 않았느냐고, 간병인 선생님이 교대 시간인데도 네가 안 와서 자신에게 연락을 했다고, 한 번도 이런 적 없던 애한테 무슨 일이 있나 털컥 겁이 났는데, 집에 있는 도어락에서 알림이 오길래 안심했다고, 집에서 쉬는가 보다 했다고, 오늘 회사에서 힘들었나 싶어 따로 연락하지는 않았다고, 마침 아르바이트 교대해 주실 분도 있어서 다행이었다고, 퇴근했으면 집에서 쉬지 이 시간에는 왜 왔냐고, 표정은 왜 그렇냐고, 집에서 뭘 했길래 손에 이렇게 생채기가 많냐고, 요즘 무슨 힘든 일 있냐고 온통 딸을 향한 걱정을 늘어놓는 미선에게 지영이 말했다.

"엄마, 이제 우리 아빠를 포…."

그때 미선은 "그만!"이라고 소리치며 지영의 말을 황급히 가로막았다. 그러고선 침대 위에 누워 있는 진석을 바라보는 게 아닌가. 그때 지영은 알았다. 마치 진석이 듣기라도 할까 봐 두려워하는 시선, 제 마음을 들킨 건 아닌지 죄책감을 느끼는 어깨의 떨림이 모든 것을 말해 주었다. 미선의 마음도 저와 같다는 것을!

휴대전화 너머로 준영의 목소리가 들려오고 있었다.

"여보세요? 병원 소리가 들리는데, 병원 갔어?"

"아, 오늘 간병인 선생님께서 갑작스럽게 휴가를 가셔서요."

"그래도 보고는 잘하던 애가…. 이번 무단결근에 대해서는 복귀해서 사유서 써야 해. 남은 연차가 없으니까 며칠

간 야근해서 근무 시간은 좀 쌓아 둬야 할 것 같고, 간병 스케줄 조정도 해야겠네."

"고마워요, 그럴게요."

무단결근한 저를 대신해 변명하고 뒤처리하느라 동분서주했을 준영이 떠올랐다. 지영은 늘 준영에게 미안하고 고마웠다. 그 때문에 지영은 준영 앞에서 늘 작아졌.

"이번에 안타깝게 정규직 전환 심사에 떨어졌지만, 너무 상심하지 마. 다른 기회가 있을 거야. 정규직은 아니더라도 내년에 무기직 채용 공고도 예정되어 있고. 간병 스케줄 나오면 보내줘. 다음에 위로주 살게."

지영은 또다시 말할 수밖에 없었다.

"고마워요."

전화를 끊고 지영은 진석의 피딩을 했다. 피딩이 끝나고 튜브에 잔류 음식물이 있는지, 올라온 위액은 없는지 확인한 후 지영은 자신의 식사를 준비했다. 공용 냉장고에는 지영의 이름이 붙은 반찬 통이 두 개 있었다. 반찬 통을 열어 보니 무말랭이와 김치가 보였는데, 이는 잘 상하지 않으면서도 오래간 먹을 수 있는 반찬이었다. 지영은 무말랭이를 씹으며 아까 준영이 했던 말을 떠올렸다. "다른 기회가 있을 거야." "…내년에 무기직 채용 공고도 예정되어 있고." 지영은 자신의 왼 가슴팍을 만져 보았다. 재킷 안주머니에 넣어 둔 서류의 두툼함이 손바닥을 통해 느껴졌다. 지영은 오랜만에 열정이라는 감정을 깨달았다. 무엇이라도 하고 싶어 안달 나 있는 신체의 요동을 느꼈다. 지영은 저도 모르게 읊조렸다.

"미래가 있다는 건 이런 거구나."

지영은 준영이 사 준 위로주를 진탕 마셨다. 처음으로 느껴 보는 숙취에 아침잠을 깨기 어려워서 지영은 느지막한 오후에나 일어났다. 일어나서는 문구점으로 향했다. 문구점에 진열되어 있는 수많은 다이어리 중 초록색 다이어리를 집었다. 그리고 곧장 포장지를 뜯어 기록하기 시작했다. 다이어리에는 공부와 운동, 취미 활동으로 스케줄표가 빼곡했다. 미래를 계획하는 지영은 행복해서 미칠 것 같은 표정을 짓고 있었다.

자신의 등을 쓰다듬는 잔잔한 손길을 느낀 지영은 침대에 파묻었던 얼굴을 들었다. 미선이었다. 최근 미선은 병원 근처의 막창집에서 주방 아르바이트를 시작했는데, 오늘처럼 새벽 세시가 되어서야 병원에 오곤 했다.

"아, 깜빡 잠이 들었나 봐. 이제 마쳤어?"

"응, 집에 가서 편히 쉬지. 왜 엎드려서 자고 있어."

"오늘 커피 사 주기로 했잖아. 꼭 하고 싶은 말도 있고….”

"피곤하니까 다음번에 이야기해도 되는데.”

긴장감이 묻어 있는 미선의 표정이 보였다. 지영은 더 이상 미룰 수 없었다. 간호사에게 잠시간의 부재를 알리고, 지하에 있는 무인카페로 미선을 이끌었다. 엘리베이터 앞에서 10, 9, 8 숫자가 바뀌는 것을 지켜보았다. 곧 엘리베이터가 도착했다. 먼저 탄 지영이 B1 버튼을 눌렀다. 내려가는 엘리베이터 안에서 지영과 미선은 낯선 타인처럼 거리를 두며 서 있었다. 카페에 도착하자 미선은 지영에게 앉아 있으라고 이르고 투박한 커피 기계 앞으로 가 천 원짜리 아메리카노 한 잔을 뽑아 와 지영에게 건넸다. 지영은 본인의 앞에 놓인 커피에서 올라오는 탄 원두의 쓴 향, 찌든 듯한 원두 기름의 냄새에 코가 찌릿했다. 고작 이 정도의 커피를 한 잔만 사서, 본인의 손은 빈손으로 둔 채 지영에게 전부를 건네는 미선이 참으로 못마땅했다. 지영은 커피 하나로 욱해진 마음을 다스릴 길이 없었다.

"쫌! 이렇게 궁상맞게! 제발 그만하자, 어? 요새 내 처지

식물뿌리

가 어떤지 알아? 회사에서는 못난이 오인방에 들어서 폭탄 돌리기나 당하고 있어. 병원 생활 하느라 고민을 나눌 친구도, 대화할 직장 동료도 없어. 그나마 유일하게 나한테 손 내밀어 준 준영 씨한테는 늘 떳떳하지도 못해. 매일 빚지는 마음으로 연애하는데, 그 연애라는 것도 정작 제대로 해 본 적이 없어. 간병하기 바빠서! 나는 매일 부단히 노력하는데, 바뀌는 내일이 없어. 늘 기울기가 한쪽으로 심히 기울어진 땅에서 달리고 있어. 달리면 달릴수록 기울기는 더 가파르기만 하는데, 그 끝에 서 있는 마음을 엄마는 이해해? 끝단에 서 있는 오늘이 내일도, 모레도, 그다음 날에도 반복되는 그 절망감을! 그런데 제일 비극적인 건 뭔지 알아? 모든 실패를 아빠의 탓으로 돌리는 나 자신이 제일 혐오스러워."

지영은 울부짖었다. 지영의 처절함 앞에서 미선의 마음이 고꾸라졌다. 미선에게도 물론 지영이 모르는 사연이 있었다. 군인인 남편이 30년 이상 군대에서 근무한 터라 다행히도 연금이 나왔는데, 그 연금만으로는 병원비를 충당하기가 어려웠다. 그래서 돈을 벌 수 있는 일들을 하러 다녔지만, 일평생을 주부로만 살아온 미선에게는 할 수 있는 일이 청소와 식당일 외에는 전혀 없었다. 그래도 미선은 절망해서는 안 되는 의무가 있었고, 우여곡절 끝에 야간에 식당

일을 시작했다. 하지만 그것도 어제부로 끝나 버리고 말았다. 식당 아줌마들 사이에서는 미선의 사연을 모르는 이가 없었다. 식물인간이 된 남편이 하나 있고, 이제는 다 커 버려서 어디 공공기관에 다니는 잘난 딸 하나가 있다던. 그러다 점차 미선이 받는 진석의 연금으로 관심이 쏠렸다. 옆집 아줌마네 남편이 공무원이라서 들었는데, 은퇴 후에 받는 연금이 무려 350만 원이나 된다더라, 그 연금이라는 것이 평생 나오는 건데, 남편이 죽으면 그 아내가 죽을 때까지도 나온다더라, 그렇다면 미선네도 연금 350만 원에 우리 월급 250만 원쯤 하면 매달 600만 원을 버는 것이 아니냐. 이런 이야기의 끝에 미선은 식당 주인이 가끔 건네주는 택시비 조 일, 이만 원을 동등하게 받지 못했고, 결국 형편이 더 기구하고 어려운 이에게 일자리를 양보해 주라는, 그렇게 덕을 쌓아야지 남편이 일어나지 않겠냐는 동료들의 말에 마음과 함께 일터마저 잃어버리고 말았던 것이다. 하지만 이런 사정을 알 리 없는 지영은 자신의 감정에 벅차 울고 있었고, 그런 지영을 바라보던 미선은 둑이 무너지듯 울어 버리고 말았는데, 자신의 마음보다 지영의 아픔과 상처가 더 크게 다가오고 말았기 때문이다.

지영은 재킷 안쪽 주머니에 넣어 둔 그것을 지금이야말로 꺼내야 할 때라고 생각했다. 자신의 고통과 각오가 이 정도라는 것을 지금 당장 미선에게 전해야 한다고 생각했다. 그런데 정작 움직인 이는 미선이었다. 미선은 품에 있던 봉투를 꺼내 지영에게 내밀었다. 얼마나 간직하고 있었던 건지 봉투가 너덜너덜해져 있었다. 봉투 안에는 종이 한 묶음이 들어 있었다. 종이 뭉치를 펼치자마자 눈에 보인 건 '연명치료 거부서'라는 글자였다.

"네가 힘들어하는 걸 알았는데… 진작 썼던 것을 이제야 주는구나."

미선은 앞의 장은 진석의 것이고, 뒤에는 자신의 것이라고 설명했다. DNR(Do Not Resuscitate, 연명 소생술을 하지 마시오)이라고 불리는 이 서류는 심폐소생술을 비롯하여 혈액투석과 항암제 투여, 인공호흡기 착용, 체외생명유지술과 수혈, 혈압상승제 투여와 그 밖의 연명치료에 대한 일체의 거부서로서 하단에는 미선의 이름과 서명이 적혀 있었다. 즉 불의의 사고가 발생했을 때 미선에게 연명치료를 하지 말아 달라는 서류였다. 지영은 '정미선'의 서명에서 눈을 뗄 수 없었다. 미선의 필압은 종이에 오목과 볼록을 남겼고, 흘림체로 연결된 이름 석 자가 정갈했다. 지영은 의

외의 장소에서 엄마 미선이 아닌, '정미선'이라는 사람을 마주한 기분이었는데, 주부 정미선이 자신의 서명을 남긴 공식적인 서류가 몇 장이나 될까 문득 궁금해졌다. 그리고 이 DNR은 얼마 안 되는 미선의 공식적인 문서 중 하나일 테다. 그러한 사실이 아까부터 자신의 가슴께를 짓누르고 있는 그것을 무시하기 어렵게 만들었다. 미선은 재킷 깃을 손으로 옥여쥐고 있는 지영을 걱정스레 쳐다보다가 말했다.

"네 아빠는 진즉 어디론가 가 버리고 없었는데, 괜한 미련으로 너만 힘들게 했구나."

미선은 누워 있는 진석을 찬찬히 바라보았던 때를 떠올렸다. 한때는 미선의 남편이었고, 지영의 아빠였던 진석은 어디로 갔을까. 진석은 더 이상 미선을 위해 빨래를 개지 못하며, 지영을 위해 아이스크림을 사 주지 않는다. 앞으로도 진석은 미선의 어깨를 붙잡아 위로해 주지 못할 것이며, 지영의 남자친구를 두 눈을 부릅뜨며 노려보지도 못할 것이다. 무엇보다도 진석은 다시는, 미선과 지영의 이름을 불러 주지 못하리라. 진석을 통해 불행은 언제든 부지불식간에 닥칠 수 있다는 것을 깨달은 미선은 상상하지 않을 수 없었다. 자신이 늙고 병들었을 때, 자신이 사고를 당하거나 갑작스럽게 쓰러졌을 때 '지영은 어떻게 되는 걸까?'

식물뿌리

하는 상상을 말이다. 지영에게 남겨 줄 것이라고는 식물인간인 진석밖에 없다니 기구한 노릇이었다. 그러니까 이 서류들은 미선이 지영에게 줄 수 있는 유언이자 유산인 셈이었다. 미선은 진석의 연명치료 거부서를 지영 앞에 펼쳐 보이며 말했다.

"사실 우리가 말을 맞춰야 하는 부분이 있는데…."

미선의 이야기는 이러했다. 진석의 연명치료 거부는 반드시 본인의 의사가 있어야만 가능하다. 그런데 진석처럼 갑작스럽게 사고를 당해 거부 의사를 표현할 수 없는 환자는 어떻게 하란 말인가? 미선의 물음에 간호사는 '의사'가 중요하다는 점을 강조하며 말했다. "사고 전에 내비친 의사도 '의사'로 보거든요. 평소 환자 이진석 님이 TV 드라마를 보다가 한 등장인물이 투석하는 장면이 나왔을 때, '저런 힘든 치료는 안 받고 싶다'라고 말한 적이 있으신가요? 아니라면 누군가의 장례식을 다녀와서는 '나한테는 연명치료를 하지 말아 달라'라고 말했다든가요. 그것도 아니라면…." 미선은 당황할 수밖에 없었다. 진석은 그 어느 것에도 해당하지 않았다. 과묵했던 진석, 감정 표현을 잘 하지 않던 진석, 늘 그렇듯 우직하고 때론 억척스럽던 진석은 단 한 번도 죽음에 대해 말하지 않았다. 우두커니 서 있는 미선에게 간호사는 연명치료 거부서의 양식을 건넸다. 그 종이에는 "환자는 살아생전 힘든 치료를 원치 않으셨습니다. 평소에 연명치료에 대해 반대하는 의사를 표했으며, 이 사실에 거짓이 없음을 직계 가족 2인 이상이 증명합니다"라고 쓰여 있었다. 미선은 그제야 연명치료 거부서를 제대로 직시했다고 말했다. 연명치료 거부서는 단순히 직계 가족이 환자의 연명치료 중단에 대해 동의하는 서류 따위가 아니었다. 사실상 진술서였다. 거짓된 진술로 쓰인 연명치료 거부서는 청부 살인과 무엇이 다르랴! 지영은 본인도 작성한 바 있는 친숙한 서류의 무게감에 압도되어 눈물이 왈칵 차올랐다. 인터넷을 통해 모든 절차를 알아봐 두고, 미선 대신 서명을 하고, 최종적으로 제출만 기다리고 있는 그 서류는 아직도 제 가슴팍에 있었다. 가슴팍에서 자신의 들숨과 날숨의 호흡에 따라 함께 오르락내리락하고 있었다. 지영은 자신보다 먼저 미선이 서류를 내밀어 준 것에 안도감이 들었다가, 안도감을 느끼는 자신의 밑바닥을 보고 좌절했다. 어째서 자기 인간성의 깊이는 늘 가족을 통해서 드러날 수밖에 없는 걸까. 미선은 도대체 이 서류들을 언제 준비했던 것일까, 진석의 연명치료 거부서에 제 이름 석 자를 적었을 때 미선의 마음속에 똬리를 틀었던 죄책감은 얼마나 미선을 울게 했을까. 지영은 분명 자신과 같았을 미선이 떠올랐다. 왜 우리에게는 미래라는 게 있어서, 현재만 바라보고 살 수 없게 만드는지 모르겠다. 진석이 깨어날 확신이 없어서, 희망은 절망의 또 다른 이름일 뿐인지라, 지레 좌절하고 포기할 수밖에 없게 만든다.

다음 날 지영은 출근하기 전 병원에 들러 진석의 연명치료 거부 의사를 밝혔다. 그리고 어제 지영이 최종적으로 사인함으로써 적격을 갖춘 완성된 서류를 간호사에게 건넸다. 간호사는 서류 제출 이후의 절차에 관해서 설명하며, 연명치료 거부에 대해서 잘 알고 있는지 재차 확인했다. 인공호흡기를 떼고 혈압상승제 투여 등 일체의 연명의료가 진행되지 않는다고 거듭 말하더니, 그것으로 부족했는지 별도의 확인서를 내밀며 지영에게 사인하라고 요구했다. 그 확인서는 이 결정을 번복하지 않겠다는 하나의 각오이자 다짐 같은 것이었다. 그리고 지영과 미선은 절차 중 하나로서 정신과 상담도 받아야 했는데, 진석의 연명치료를 본격적으로 중단하기 전에 두 차례에 걸쳐서 진행되었다. 왜 이렇게까지 절차가 까다롭냐고 물어보는 지영을 향해 간호사는 이렇게 말했다.

"보호자 중에 이런 분이 계셨어요. 그때는 내 마음이 힘들어서 연명치료를 안 하겠다고 말한 건데, 진짜 죽게 내버려 두면 어떡하냐고요. 보호자의 결정이 환자의 생과 사를 가르는 만큼, 확고한 마음의 결심이 필요합니다. 그걸 확인하기 위한 필수 절차예요."

간호사의 말을 듣고 지영은 아무 말도 할 수 없었다. 사람의 마음은 이토록 연약하다. 자신이 살기 위해서는 비난의 화살을 나 아닌 바깥으로 향해야만 하는, 그럼으로써 제 마음을 살릴 수밖에 없는 처지가 참으로 처연하기까지 했다. 그렇게 지영은 두 차례의 상담을 받게 되었는데, 이 과정을 통해 지영은 자신의 머릿속 방어막이 얼마나 단단해지는지 느낄 수 있었다. 생명의 존엄성도 중요하지만, 삶의 존엄성도 중요한 법이니, 이 모든 것은 진석을 위한 행동이라는 명분이 만들어졌으며, 진석은 현재 몸이라는 감옥에 갇혀 있으니 출소해서 자유를 찾아야 하지 않겠냐는 이유가 근거가 되었다. 그리고 사전에 진술했던 바와 같이 '아빠가 평소에 아픈 치료를 원하지 않았다'를 생각에서 입으로 꺼내 되풀이할수록 진짜 있었던 일인 것처럼 자연스러워졌다. 더불어 죄책감도 옅어졌다. 이 모든 절차가 진행되는 동안 진석은 어떠한 변화도 없었다. 당연하게도. 그저 인공 튜브에 의존한 채 숨을 쉬고, 영양을 공급받고 있었다. 자신을 둘러싸고 무슨 일이 일어나는지도 모르는 진석은 실로 식물에 불과했던 것이다.

지영은 중학교 졸업식 날 진석으로부터 받았던 꽃다발을 기억한다. 교문 앞에는 꽃 가판대가 늘어서 있었다. 진석은 모든 가판대를 샅샅이 훑고 어떤 꽃다발이 가장 예쁠지 고민하고 또 고민하다가 결국 가판대에 덩그러니 남은 꽃다발 하나를 집어들 수밖에 없었는데, 안개꽃이 범벅되어 있고 가운데 빨간 장미 다섯 송이가 있는 꽃다발이었다. 고심 끝에 사 온다는 게 결국 제일 평범한 꽃다발이라는 사실에 미선은 그럴 줄 알았다는 듯 웃었고, 미선으로부터 사연을 전해 들은 지영은 활짝 웃으며 꽃다발을 받았다. 졸업식을 마치고 집으로 돌아와서는 미선이 찬장에서 화병을 꺼내 지영에게 건넸고, 지영은 화병에 꽃을 꽂음으로써 마침내 식탁에는 한동안 봄이 찾아오게 되었다. 그러나 사흘도 안 돼서 장미는 잎을 지저분하게 식탁에 떨어뜨리며 일상을 어지럽히기 시작했다. 버릴 때가 됐다는 신호였다. 그날 처음으로 식물의 생명성에 대해 생각해 봤다. '아직 살아 있나? 정말 죽은 게 맞을까?' 하고. 장미가 꽃잎을 전부 떨어뜨렸지만 줄기는 아직 연녹색으로 싱싱하게 물을 빨아들이고 있었고, 장미 주변을 장식했던 안개꽃은 심지어 처음 받았을 때와 같았다. 하지만 화병에 고여 있는 물에서 하얀 곰팡이가 피고 썩은 내가 나기 시작하자 지영은 꽃을 반으로 접어 쓰레기통에 욱여넣을 수밖에 없었다. 이 과정은 지영이 그림 대회에서 상을 받았을 때도, 학급 반장이 되었을 때도 반복되었다. 이내 지영은 식물의 생을 거두는 게 어렵지 않음을 깨달았다. 배추에서 시든 배춧잎을 떼듯, 대파에서 뿌리를 제거하듯, 나무에서 병든 나뭇가지를 분지르듯, 실상 살아날 가능성이 있다 하더라도 식물을 뽑아 버리고 화분째 버리는 게 가능하다는 것을 말이다. 그리고 생명성이 다 소진되지 않은 식물을 버리는 행위가 죄책감도 유발하지 않고, 이내 매우 자연스러워진다는 것을, 이제는 알고 있다.

　진석의 호흡기를 떼는 날이 왔다. 비장하게 임종을 준비하는 지영이나 미선과 달리, 의료진은 차분해 보였다. 의사는 진석의 후두에 연결된 인공호흡 호스를 제거했다. 옆에 있던 간호사는 진석의 산소포화도를 체크하고 있었다. 그런데 호스가 제거되었음에도 진석의 가슴은 부풀고 수축하며 계속해서 움직이고 있었다. 무언가 일이 틀어졌음을 직감한 지영은 의사를 쳐다보았는데, 의사는 간호사에게 무언가 지시를 하고 있을 뿐이었다. 지영은 계속해서 움직이는 진석의 가슴팍을 바라보다가 그 위로 살짝 벌어진 진석의 입을 바라보았다. 가을날 은행나무에 주렁주렁 달려 있다가 이내 땅에 떨어지지만, 자기 종자를 지키기 위해 지독한 냄새를 내뿜는 은행처럼 진석의 숨에서는 생에 대한 의지의 향이 났다. 과연 물속에서도 산소를 찾아내 기어코 호흡하는 이끼다운 끈질긴 생명력이었다. 한참을 지켜보던 의사가 말했다.

"환자가 인공호흡기에 의존하지 않고 자가호흡을 하고 있는 상태입니다."

그래, 진석은 자가호흡을 했다. 진석의 죽음만을 기다리던 지영과 미선을 향해 자기주장이라도 하듯. 진석의 죽음을 각오하고 있었건만 진석은 스스로 호흡함으로써 살아 있음을 증명했다. 진석의 주체적 호흡은 기쁘기보다 당혹스럽고 난감한 것이었다. 지영은 저도 모르게 진석의 침대로부터 뒷걸음치고 말았다. 제 손에서 으깨지고 진득하게 달라붙어 있던 스투키의 물컹함이 떠오른 것이다. 미선도 다르지 않았다. 식물처럼 누워 있어서 정말 식물인 줄 알았던 이가 자신의 남편이라는 사실을 떠올린 것이다. 미선은 노티를 하고 있던 의사를 향해 외쳤다.

"튜브! 영양공급 튜브 좀 끼워 줘요! 제발! 저 이는 내내

굶었다고요!"

의사는 당황하지 말라며 미선을 진정시켰다.

"분명 사전에 설명을 해 드렸습니다만, 호흡기를 제거하더라도 바로 숨이 멎지 않습니다. 환자마다 시차가 있을 뿐입니다. 중증 환자가 자가호흡을 하는 경우도 분명히 있습니다. 이진석 환자의 자가호흡이 특별한 케이스가 아닙니다."

의사는 계속해서 말을 반복했는데, 지영이 듣기에 '환자가 자가호흡한다고 하여 희망을 갖는 우를 범하지 말라'라는 의미로 들렸다. 인공호흡기를 제거하고 오래 살아 있는 식물인간은 없다. 인공호흡에 의지하지 않은 채 자가호흡을 시작한 진석의 시계는 이제야 움직일 것이다. 죽음이 가까운 시일 내에 다가올 것이다. 마침내 진석의 임종을 맞이할 수 있을 것이다. 고민 끝에 미선은 진석의 자가호흡을 지켜보기로 하고, 위에만 영양공급 튜브를 꽂기로 했다. 기다려 왔던 오늘은 이토록 허무하게 끝이 났다.

한바탕 난리를 치고 나서 진석과 미선, 지영은 예의 그 자리로 돌아왔다. 삼층 창가, 그러니까 커튼이 유일한 이 가족의 방어막인 한 평짜리 세상으로 말이다. 미선은 제가 무슨 짓을 했는지 도저히 믿기지 않는다는 듯 서럽게 울어댔고, 지영은 창밖의 조락을 지켜보며 고갈되고 소진돼 버린 기억 속 진석을 떠올렸다.

　진석은 자상한 아빠였다. 한창 외모에 관심이 많던 중학생 지영은 엄마에게 틴트를 사 달라고 졸랐었다. 미선은 중학생이 무슨 화장이냐며 다그쳤다. 며칠을 울고불고 난리를 쳤지만, 미선이 절대 안 된다고 선을 그었다. 가족과의 단절을 선언한 지영은 그 뒤로 방문을 닫고 두문불출했다. 단식투쟁까지 하는 저를 보고 진석은 이틀째 되는 날 지영의 손에 틴트를 건네주었다. 그날로 지영은 방문을 열고 나와 밥을 먹었다. 진석과 둘만의 비밀을 공유하며 식탁에서 눈짓을 주고받았다. 그날 메뉴는 지영이 좋아하는 냉잇국이었다. 냉잇국을 먹으며 지영은 '풋' 웃어 버리고 말았다. 화장품 가게에 가는 진석의 모습이 상상됐기 때문이다. 모든 여자는 공주라는 캐치프레이즈를 내걸던 화장품 가게로 들어갔을 때, 진석을 맞이하는 아르바이트생들은 '어서오세요, 왕자님'이라고 환영했을 것이다. 진석은 얼굴을 새빨갛게 붉히면서도 '요새 중학생들이 입에 바르는 루-즈가 뭔가요'라고 물었을 테고, 제 손등에 수십 가지의 틴트를 발라 주며 '이건 딸기우유, 위에는 핑크 레몬, 저 색은 베리베리 핑크…'라고 말해 주는 직원들 사이에서 혼돈을 겪다가 '다 주세요'라고 말할 수밖에 없었을 거다. 킥킥거리며 국을 먹고 있는 지영을 향해 미선은 '칠칠맞게 국을 흘리지 말고 똑바로 먹어야지'라고 잔소리를 했었지. 그때를 떠올리자 지영은 자기도 모르게 피식 웃고 말았는데, 과거의 진석은 모두 휘발돼 버린 줄 알았건만 여전히 진석이 잔존해 있다는 사실이 믿기지 않았다. 지영과 달리 미선은 거친 울음으로 호흡이 제대로 되지 않아 꺼억, 꺼억 숨을 들이쉬고 있었다. 마치 슬픔에 잡아먹히는 듯 말이다. 지영은 웃으며 눈물을 흘리고 있었고, 미선은 온 얼굴을 뭉그러뜨리며 울고 있었는데 이 또한 흔한 병원의 광경일 뿐이다.

지영과 미선의 일과는 전과 다름없이 흘러갔다. 똑같아 보이는 일상이지만 전과 달라진 것이 하나 있다면 지영이 진석에게 말을 걸기 시작한 점이 다르다면 달랐다. 지영은 진석의 옆에서 시를 낭송하기도 하고, 준영과의 연애 이야기를 하기도 했는데 이는 전에 볼 수 없던 일이었다. "준영 씨가 자기 이름을 왜 '경영지원팀 박대리'로 저장해 놨냐고 묻는 거야. 사내 연애가 얼마나 부끄러운 일인데, 아니다. 생각해 보면 내가 자신감이 없었나 봐. 계약직 직원 하나가 정규직 꼬셨다고 이야기 나올까 봐. 여하튼 내 마음은 이렇게나 복잡한데 그것도 모르고 준영 씨는 이름 뒤에다가 하트 하나를 붙이는 거 있지. 그런데 그게 또 귀엽더라고." 그러면서 지영은 준영과 함께 찍은 사진을 진석에게 보여 주었다. 비록 진석의 눈은 감겨 있었을지라도. 미선은 지영의 변화가 너무나도 크게 다가왔는데, 달라진 지영의 태도에 걱정하지 않을 수가 없었다. 그런 미선을 향해 지영은, 지금껏 자신이 불행을 외면하려고만 해서 괴로웠던 것 같다며, 불행이 원래부터 자신의 것이었으며, 불행을 받아들이니 지금처럼 마음 편한 적이 없었다고 말했다. 그러면서 지영은 미선의 손을 꼭 잡으며 말했다. "불행을 벗 삼아 살자, 엄마." 불행을 벗 삼아 살자, 지영은 또다시 말했다. 미선을 향해 반복해서 말하고 있는 이 말은 지영이 자기 귀에 들리도록 하는 말일지도 모른다.

지영은 한참이 지나서, 마음의 여유가 생기고 나서야, 자신의 변화를 곱씹어 볼 수 있었는데, 자신의 변화가 실은 공포감에 기인하지 않았나 싶었다. 첫 번째 공포는 진석이 식물이기 이전에 분명한 사람이었다는 사실을 도저히 부정할 수 없다는 것이었다. 진석이 지영에게 아빠일 수 있었던 것은 진석과의 추억 때문이었는데, 진석은 지영을 병원에 묶어 놓는 7년 동안의 비용으로 추억을 소모해 버렸다. 그러니 이제 더 이상 낼 비용이 없는 진석으로서는 지영에게 더 이상 아빠일 수 없었다. 하지만 기억은 늘 의식 속에 희

미하게 자리 잡고 있는지라 잊을 만하면 꺼내게 된다는 것이 문제였다. 그러니 식물에 불과한 진석이 지영의 머릿속에 남아 있는 기억 때문에 순간순간 사람이 되고, 아빠가 되었던 것이다.

두 번째 공포는 바로 죽음이 가벼워지는 데에 대한 두려움이었다. 지영이 처음 식물을 죽이려는, 살생의 각오를 다졌을 무렵에는 죄책감이 있었다. '아직 살아 있는 줄기를 꺾어도 되는가?' 그러나 줄기를 제 손으로 꺾은 것을 시작으로 뿌리를 절단하고, 이내 진석을 포기하려 할 무렵에는 죄책감이 사라졌다. 거리낌이 없었다. 그렇다면 식물인간인 진석을 포기한 경험이 있는 지영으로서는 두 번째는 어떨까? 또 다른 불행의 이유로 미선이 아프다면, 그녀마저도 손쉽게 떠나보낼 수 있음을 직감했다. 간병에 대한 공포, 자신의 미래는 없을지도 모른다는 불안감은 자신의 등을 떠밀 것이다. 미선이 제게 주었던 DNR이 상황을 합리화하고, 죄책감을 옅어지게 할 것이다. 미선마저 포기하고 나면 그 이후는 어떻게 될까? 진석도, 미선도, 직장도, 연애도, 이내 자신마저도 내려놓게 될까. 내려놓기밖에 할 줄 모르는 미래의 지영을 오늘의 지영은 받아들일 수 없었다. 저마다의 불행을 이유로 타인의 손을 손쉽게 놓는다는 것이, 그

최종 결론이 자신의 포기로까지 이어지는 현실은 지독히도 싫었다.

그리고 마지막으로 자가호흡을 시작한 진석의 삶이 드디어 유한해졌다는 데 있었다. 진석의 죽음이 실재로 다가온 것이다. 진석의 죽음이 두렵게 느껴진 것이다. 그러니 이 세 가지 공포가 지영에게는 진석을 더 붙잡고 싶은 이유가 되어 버린 셈이다.

여느 때와 같이 정시 퇴근을 한 뒤 병원으로 곧장 달려온 지영은 간호사로부터 갑자기 환자의 호흡이 불안정하다는 이야기를 들었다. 간호사는 지영에게 임종을 준비하라는 말을 건넸다. 그 언젠가 지영의 머릿속에 펼쳐진 적이 있던 장면이건만, 지영이 시나리오를 그려 왔던 상황이건만, 지영은 진석의 예고된 죽음에 덜컥 겁이 났다. 지영은 서둘러 미선에게 전화를 걸었고, 미선은 "곧 갈게" 한마디만 하고 전화를 끊을 뿐이었다. 통화를 마친 지영에게 간호사는 몇 장의 종이를 내밀었는데, 그 종이는 일종의 지침서로 환자의 임종이 예견될 때 보호자들이 해야 할 행동들이 적혀 있었다. 상조 회사나 장례식장에 미리 연락을 넣어 빈자리가 있는지 확인하거나, 유언이 있으면 육성이나

서면으로 기록하여 법률적 절차를 통해 공증받아 놓으라거나, 의사로부터 사망진단서를 발급받는 방법과 사망진단서를 토대로 진행해야 할 여러 절차가 적혀 있었다. 진석의 죽음이 허상이 아니라 실재로서 눈앞에서 진척되고 있었던 것이다. 지영이 무엇부터 해야 할지 갈피를 못 잡고 멍하게 서 있는 사이, 간호사 네 명이 우르르 진석이 있는 병실로 뛰어 들어갔다. 지영은 요동치는 기계 소리와 간호사들의 대화로 혼란스러웠다. 산소포화도 확인해, 체인스톡호흡으로 변했습니다, 보호자 데려와, 보호자 어디 있어요, 아직 엄마가 안 오셨대요, 따님분이라도 빨리 오세요, 환자 체온이 너무 떨어졌어요, CPR 대상자인가?, 아니요, DNR 환자입니다, 귀 옆에 측정기 붙여, 보호자 빨리 들어오세요, 혈압 측정이 안 되고 있어요, 보호자분 빨리 옆으로 오세요, 심전도 정지 상태입니다, 지금 시간 몇 시죠, 오후 여섯시 이십팔분 사십이초 환자 이진석 씨 사망하셨습니다. 이것을 끝으로 지영의 주변은 고요해졌다.

삶은 어찌나 아이러니한지, 지영이 진석을 버리려 할 때는 그렇게 질긴 숨을 유지하던 진석이, 지영이 붙잡으려 하자 그 숨을 놓아 버리다니 말이다. 진석의 숨은 최후의

자가호흡 시점으로부터 2개월 후 완전히 멈추고 말았다. 그렇게 이끼는 다음으로 나아가지 못하고 생을 마감했다. 진석의 뼛가루가 바닷물에 용해되고 바다의 이끼들에게 양분을 제공하는 동안 남은 자들의 시간도 흘러갔다. 지영은 정규직 전환에 재도전하였으나 또다시 실패했고, 결국 계약 만료로 퇴사하게 되었다. 이를 미리 짐작하고 있던 지영은 항공기 부품을 만드는 중소기업에 취직했다. 그런 지영을 향해 미선이 물었다.

"좋은 직장을 왜 그만두고 이직한다는 거야?"

지영은 오늘에서야 사실을 고백할 수 있었다. 실은 자신이 정규직이 아니라 계약직에 불과했다고 말이다. 진석의 사고 이후, 미선은 자신이 웃어서는 안 되는 병에 걸린 것처럼 행동했다. 그러나 지영의 첫 취업 소식에 미선은 환하게 웃고 말았는데, 지영은 오랜만에 보는 미선의 미소를 보는 순간 결심했다. 미선이 오해하는 채로 내버려 두자고 말이다.

"무기직으로 입사해서 엄마를 계속 속여 볼까 계획도 했는데."

"뭐어?"

"그것도 쉬운 일은 아니더라고."

장난스럽게 말하는 지영이 되레 안쓰럽게 느껴진 미선이 말했다.

"우리 딸이 나보다 어른이었네. 긴 시간 마음 써 줘서 고맙구나."

미선의 말을 들은 지영은 자신에게 드디어 마음의 안락이 찾아왔다고 생각했다. 지영의 삶 또한 마찬가지로. 새로 입사한 회사에서 지영은 자재관리 업무를 맡게 되었는데, 일이 생각보다 까다로웠다. 식품도 아닌 것이 유통기한이 있었고, 보관 방법도 저마다 상이했기 때문이다. 지영은 영어로 적힌 재료들의 취급설명서를 밤새 읽고 외웠다. 지식이 쌓일수록 효율적인 자재관리가 가능했는데, 덕분에 지영은 동료들로부터 '일 잘하는 이지영 씨'라고 불렸다. 마음 맞는 입사 동기도 생겼고, 준영과의 데이트 장소는 날로 새로워졌다. 무려 세 시간이나 상영하는 영화를 보기도 했고, 먼 타지로 여행을 가기도 했다. 그리고 이번 여행지에서 준영은 지영에게 청혼을 했다. 프러포즈를 받은 지영은 신혼집은 어디에 구할지, 아이는 몇 명이 좋을지, 인테리어는 어떻게 할지 고민하느라 하루를 꼬박 새우고 말았다. 구체적으로 그려 볼 수 있는 내일이, 앞으로의 미래가 있다는 건 무척이나 설레는 일이었다.

여행지에서 돌아온 지영이 현관문을 열고 집 안으로 들어서자 전기밥솥이 칙칙 소리를 내며 돌아가고 있었고, 수증기 속으로 쪄진 현미와 된장 냄새가 퍼져 있었다. 국물의 간을 보고 있던 미선은 지영을 향해 "왔니? 어서 손 씻고 와"라고 말하면서 파를 마저 썰기 시작했다. 지영은 화장실로 걸음을 옮기면서 발에 차이는 물건이 하나도 없음에 놀랐다. 되레 지영의 발 위로는 햇살이 비추었는데, 거실의 큰 창으로 들어온 오후의 해가 정돈되어 있는 거실 바닥에도 눌러앉아 있었다. 지영이 베란다를 바라보고 있는 시간이 길어지자, 지영을 돌아보던 미선이 말했다.

"너무 허전하지? 역시 사람 사는 집에는 화분이 있어야 하나 봐."

지영은 미선의 말로 인해 조만간 이 집에 다가올 미래를 상상해 볼 수 있었다. 새벽시장을 좋아하는 미선이 동네 아줌마 서넛과 함께 장을 보러 갔을 테고, 온갖 모종과 화분을 내다가 물을 주고 있는 꽃집 사장님과 인사를 하다가 '키우기 쉽다'거나 '공기정화에 도움이 된다'라는 말에 설득당해 극락조를 사 올 테다. 아, 그리고 그 옆에는 지영이 가져온 화분이 있겠지. 준영과 결혼 후 신혼집을 얻은 지영은 집들이를 할 것이다. 그러면 동기들이 집들이 선물로 가져온 화분들이 온 집을 구석구석 장식할 거고, 그 많은 화분 중 하나를 미선에게 건넬 것이다. 미선에게 잘 어울리는 안스러움으로. 그래, 돌봐 줄 사람이 있는 식물은 이제 푸릇함을 맘껏 뽐낼 수 있을 것이다.

손을 씻고 식탁에 앉자 미선은 모락모락 김이 나는 국을 넘칠 듯이 담아낸 그릇을 지영의 앞으로 놔 주었다. 냉잇국이었다. 냉이의 향만 좋아하던 지영은 건더기는 내버려 둔 채 국물만 먹기 일쑤였는데, 미선이 진석의 빈 국그릇에 국을 채우러 가는 동안, 냉이는 지영의 젓가락을 거쳐 진석의 입으로 들어가곤 했었다. 그걸 모르는 미선은 냉이를 가득 담은 국을 지영에게 주며 말했다.

"냉잇국 좋아하잖아, 많이 먹어."

지영은 이제 먹어 줄 이 없는, 쓴맛이 나는 냉이를 씹으면서 웃었다. 그러고는 "참 맛있네", "행복하다", "국이라는 게 이렇게 따뜻했구나"라고 쉴 새 없이 재잘거렸다. 이어 국을 다 비워 갈 때쯤 지영은 준영의 청혼 이야기를 꺼냈는데, 미선은 쑥스러워하는 지영을 보고 웃음 지었다. 오랜만에 보는 미선의 웃음에 지영은 당황하다가 이내 거울처럼 웃고 말았다. 그러나 지영은 자신의 입꼬리가 참으로 어색하고 또 무거움을 분명하게 느꼈다. 미선도 아마 다르지 않았으리라.

추천의 글 3

조해진
소설가, 『로기완을 만났다』 저자

　식물은 이중적이다. 한 번 붙박인 영토를 벗어날 수 없지만 그 뿌리는 땅속에서 강한 생명력으로 뻗어 나간다. 수동적이면서 적극적인, 인간보다 훨씬 더 오래 살았고 앞으로도 오래 살아남을 생명체…. 채도운의 「식물뿌리」에 등장하는 '진석'이 바로 식물과 같은 상태이다. 그의 생사권을 쥐게 된 모녀는 중대한 결정을 내리지만 식물 그 자체인 진석은 살고자 하는 의지를 저버리지 않는다. 「식물뿌리」는 돌봄과 간병으로 피폐해져 가는 가족의 자화상을 그리는 한편, 연명치료를 둘러싼 갈등과 고뇌를 정치하게 묘사하며 생명에 대한 윤리를 묻는 문제적인 작품이다. 식물이 오로지 제 힘으로 생명을 놓았을 때, 그제야 남은 가족끼리 따뜻한 저녁 한끼를 나누는 마지막 장면을 나는 오랫동안 잊지 못할 것이다.

추천의 글 4

김혼비
에세이스트, 『다정소감』 저자

　인간의 생명성, '어디까지를 살아 있는 상태로 볼 것인가'의 문제 뒤에는, 돌봄 노동과 돌봄 노동 때문에 완전히 사라졌거나 사라질 가족 개개인(한국의 대표 돌봄 노동자 3인방인 아내, 딸, 엄마)의 미래와 삶의 문제가 복잡하게 얽혀 있다. 이는 채도운의 두 단편을 관통하는 주제다. 워낙 이 시대의 논쟁적인 주제여서 기사나 르포, 에세이, 소설 등에서 이미 많이 다뤄져 왔기에 이 책을 열기 전, 살짝 걱정부터 했다는 걸 고백한다. 하지만 누워 있는 진석의 몸을 이마에서부터 세밀하게 훑으며 마치 '시간의 엑스선'을 투과시킨 듯 그 몸에 켜켜이 깃든 진석의 역사를 담담히 서술하고, 지구 최초의 식물인 고대 이끼류가 진화하면서 갖게 된 관다발과 진석의 몸에 꽂힌 튜브와 관들을 한데 포개는 상상력으로 포문을 여는 도입부를 읽고, 이것은 또 하나의 새로운 이야기, 꼭 읽어 두어야 할 이야기가 될 것임을 확신했다. 어찌 보면 뻔한 주제, 예상과 다르게 흘러가기 힘든 주제를 가지고 독창적인 서사를 만들고 새로운 문제의식을 이끌어 내는 것은 정말 어려운 일인데, 채도운은 그만의 관찰력, 표현력, 상상력을 문학적 기교에 담백하게 얹어 그 어려운 일을 해낸다. 특히 그가 소설 곳곳에, 베란다에 방치된 죽은 식물, 지영의 손에 생채기를 낸 몬스테라, 장미꽃다발, 스투키, 냉이 같은 식물들을 절묘하게 배치해서 식물인간인 진석의 상황과 지영의 마음속에서 일어나는 붕괴와 재생의 과정을 아주 생생하고 선명하게 보여 주는 방식은 아름다우면서도 가차 없고 강렬하면서도 서늘하다. 그리고 그것은 기억이 곧 존재라는 철학적인 통찰―기억이 존재에게 정체성을 건네주고 경험이 기억을 만드는데, 순간순간 유입되는 새로운 경험이 없다면 그 기억은 점멸하고 존재도 사라진다는 차가운 사실에 대해서까지 깊이 고민하게 만든다. 하지만 나는 채도운의 소설을 다 읽고 나서 '존재하기 위해 기억되는 것'이 진실일지라도 (그 순서를 뒤집어서) '기억하기 위해 존재하는 것'이 정답일 수 있는 순간들을 저절로 생각하게 되었는데, 그가 소설을 통해 전해 준 여성들의 이야기, 이토록 생생하고 고유하고 가장 사적이어서 가장 정치적이기도 한 이야기들을 똑똑히 기억하는 것이 훨씬 더 가치 있게 살 수 있는 존재의 사명처럼 여겨졌기 때문이다. 아주 작은 예를 들자면, 이제 나는, 식물이 된 가족을 돌보느라 사회생활에서는 "길마다 발에 걸리는" 돌이 된 사람을 보면 소설 속 지영을 떠올리며 전보다는 훨씬 구체적으로 그를 이해하고 필요한 순간에 바닐라라테, 혹은 그 이상의 것을 건넬 수 있을 것 같기 때문이다. '돌봄'까지는 불가능하더라도 '살핌'은 언제나 가능하니까. 살핌이 쌓이면 연대가 되니까. 늘 마음속으로 다져 왔던 다짐들에 구체성과, 다른 각도의 시선과, 어떤 믿음을 더해 준 채도운에게 정말 고맙다. 발 위에 머무르는 햇살과 어색하고 무거운 입꼬리, 이 모든 것을 다 끌어안고 살아가는 것이 삶이라는 걸 기억하며 그의 다음 소설을 열렬히 기다리겠다. 다음에도 가차 없기를.

작가의 말

나는 낙태를 경험한 여성이다. 그것도 2016년, 그러니까 헌법재판소가 2019년 4월 낙태죄에 대해 헌법 불합치 결정을 내리기 이전에 말이다. 헌법 불합치 결정을 내렸다고 하여 끝난 것은 아니다. 헌법재판소의 결정에 따라 개정이 필요한 법, 보완이 필요한 법이 아직 국회를 통과하지 못하고 있기 때문이다. 합법과 불법 사이에 있는 수많은 나와 같은 이들이 떠올랐다.

흔한 주제라고 생각한다. 낙태니 안락사니. 초등학생 때부터 학교에서 던져준 토론 주제였건만, 중고등학교를 나오고 대학교까지 이어지는 이 토론 주제에 대해서 나는 그저 '어렵다'라고만 답했던 것 같다. 하지만 성인이 되고 보니 내가 낙태를 경험한 여성이 되어 있었고, 나이 드는 부모님을 바라보니 다가올 미래를 두려워하는 사람이 되어 있었다. 먼 일이 아니라 나와 굉장히 밀접해 있던 이야기였던 셈이다. 그러기에 이 두 편의 이야기를 기필코 쓰고 싶었다.

채도운 소설

강낭콩

초판 1쇄 인쇄　2024년 6월 25일
초판 1쇄 발행　2024년 7월 2일

지은이　채도운
표지일러스트　이쿵 @2kooong
교정교열　김지연
디자인　진선주(기록의수록)

펴낸곳　삶의 직조
출판등록　2024년 1월 11일, 제2024-000001호
주소　경남 진주시 월아산로 1047-14
대표전화　010-3773-1926
팩스　0504-406-1926
전자우편　bottlebooks@naver.com

@bottle_books
@weaving_of_life

ⓒ 채도운 2024
ISBN 9791198625205

* 잘못 만들어진 책은 구입한 곳에서 교환해드립니다
* 이 책 내용의 전부 또는 일부를 재사용하려면 반드시 저작권자와 출판사 양측의 동의를 받아야 합니다.
* 경상남도와 경남문화예술진흥원의 지원을 받아 제작하였습니다.